無職轉生
到了異世界就拿出真本事
3
理不尽な孫の手
Rifujin na Magonote
Kadokawa Fantastic Novels

保羅
塞妮絲
魯迪烏斯
艾莉絲
人物介紹

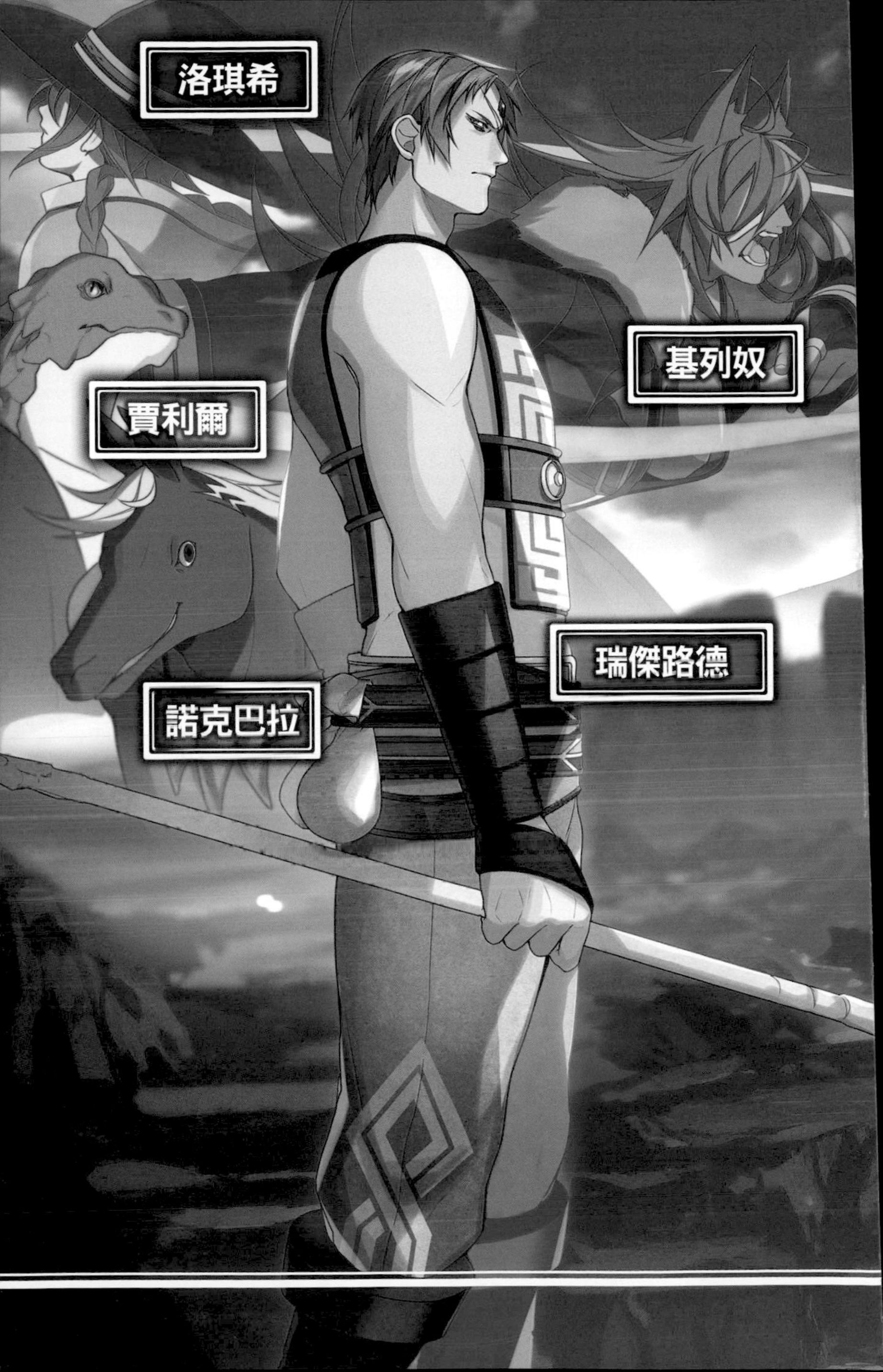
洛琪希
基列奴
賈利爾
瑞傑路德
諾克巴拉

我觀察周遭，才發現雖然先前沒注意到，但火堆旁邊有個人影。
「……！」
坐在那裡的傢伙不是基列奴，而是個男子。
「……」
他像是在觀察我，一動也不動地凝視著這邊。

無職轉生 ③

到了異世界就拿出真本事

理不尽な孫の手
Rifujin na Magonote
插畫：シロタカ

Kadokawa Fantastic Novels

無職轉生～到了異世界就拿出真本事～③

CONTENTS

「我能輕鬆辦到的事情，你無法辦到。
你能輕鬆辦到的事情，我無法辦到。就只是這麼一回事。」
——Since working is very difficult, please do not say simply.

著：魯迪烏斯・格雷拉特
譯：金恩・RF・馬格特

第三章 少年期 冒險者入門篇

第一話「自稱神的騙子」

我作了個夢。

夢裡，我抱著艾莉絲飛翔。

雖然意識並不清楚，然而不知道為什麼，卻只有「自己在飛」的感覺確實存在。

眼前的景色以驚人速度不斷變化。

自己以彷彿化為音速或光速的速度，忽上忽下忽左忽右，不規則地邊晃動邊飛行。

我也不明白為什麼會落入這種狀況。只知道一旦稍有鬆懈，不，即使沒有鬆懈，遲早也必定會失去速度並往下墜落。

我集中意識。

在變化得令人眼花撩亂的景色中，尋找看起來似乎比較安全的地點，試圖著陸。

如果要問我為什麼要這樣做，其實我也說不上來。

只是，我預感到不那樣做就會死。

然而速度實在太快。

想按出吃角子老虎機的特定圖案時會覺得轉動速度很快，但是和眼前光景變化的速度相比，那根本是小巫見大巫。
我更加集中意識，把魔力灌注到雙眼上。於是，只有一瞬速度變慢了。
不妙，會摔下去。
這種想法閃過腦海時，我看到了陸地。
那是平地。掉進海裡不妙，山裡也不妙，森林同樣危險。不過如果是平地，或許……
我賭上這種希望，往下降落。
費盡千辛萬苦終於緊急煞住，掉到紅褐色的大地上。
意識在此時中斷。

★ ★ ★

睜開眼睛的瞬間，我發現自己待在一個全白的空間裡，而且這裡什麼都沒有。
所以，我立刻明白這是夢境，大概是所謂的清醒夢（Lucid dream）吧。
不過話又說回來，明明是在作夢，卻覺得身體好沉重。
「……咦？」
我不經意地往下看看自己的身體，立刻驚訝得瞪大雙眼。

眼前是三十四年以來已經看慣的那個模樣。

同時，前世的記憶也一起湧上。

後悔、糾葛、低俗、天真的想法。

我感覺這十年來宛如一場夢，心中的失望感油然而生。

直覺領悟自己回到過去後，我很乾脆地接受了這個現實。

果然只是夢啊。

雖然覺得那是一場很長的夢，但對我來說實在過於幸福。

出生在溫馨的家庭，和可愛女孩一起相處的十年。我很想再享受久一點……

是嗎……結束了啊……

我可以感覺到身為魯迪烏斯的記憶正在逐漸消散。

夢境這種東西，一旦醒來反而會讓人覺得空虛不滿。

自己到底在期待什麼？明明我根本不可能過著那種幸福又順利的人生啊。

★ ★ ★

這時我突然注意到，眼前出現一個奇怪的傢伙。

對方有張平板偏白的臉，正露出笑容可掬的表情。

但是沒有什麼特徵。一確定對方擁有這種模樣的五官後，記憶立刻從腦海中消失，實在無法記住。或許是因為這樣，給人一種全身似乎都被打上馬賽克的印象。

不過，我覺得對方似乎是個沉穩的人物。

「嗨，該說是初次見面嗎？午安，魯迪烏斯小弟。」

我正深陷在失望情緒中，那個猥褻的馬賽克傢伙卻朝著我搭話。聲音很中性，聽不出來是男還是女。而且又被馬賽克遮著，感覺當成女性會比較色情或許也好。

「你聽得到我說話吧？」

嗯，當然。好好好，午安。

「嗯嗯，能和別人打招呼互動是好事。」

雖然我沒有發出聲音，不過想法似乎還是有傳達給對方。就這樣繼續對話吧。

「你真不錯，很有適應力。」

沒那回事。

「嗯呼呼，當然有那回事。」

所以，你到底是何方神聖？

「正如你所見。」

如我所見？被馬賽克遮著所以看不清楚啊……該不會是絕倫戰士 Spelman 吧？（註：出自某

款十八禁電腦遊戲）

「Spelman？那是誰，和我很像嗎？」

嗯，全身打著馬賽克讓人無法看清的部分簡直一模一樣。

「原來如此，你的世界裡連那種東西都有啊。」

其實沒有。

「原來沒有……算了，我是神，人神（Hitogami）。」

噢……Hitogami？

「這回應聽起來真冷淡。」

也不是……只是覺得這種神明大人為什麼會找我搭話。

或者該說，現在才登場是不是太晚了啊？

所謂的神明大人，一般來說不是應該會更早現身嗎？

「更早現身……？這是什麼意思？」

沒什麼，請繼續。

「我一直在觀察你，你過著相當有趣的人生嘛！」

偷窺的確很有趣啦。

「沒錯，很有趣。所以，我決定要特別從旁關照你。」

特別……從旁關照。

那還真是謝了，顯然是自以為施捨了什麼大恩。
而且這種被瞧不起的感覺也讓人很不爽。
「真是冷淡，我是看你似乎很困擾才出聲幫忙耶。」
在人碰上困擾時才冒出來搭話的傢伙通常都不是啥正經玩意兒。
「我站在你那一邊喔。」
哈！站在我這邊！笑死人了！
生前也有碰過這種跟我套近乎的傢伙。
說什麼「我站在你這一邊」、「來，我會保護你，所以你要試著加油」之類的話。
那些傢伙都很不負責任，認為只要能把我弄出房間，接下來總會找到辦法。
他們根本完全不理解什麼才是問題的本質。根據你剛才的發言，也給我同樣的感覺。
實在不能相信。
「被講得這麼難聽還真傷腦筋啊……那，總之讓我提供個建議吧。」
建議喔……
「意思是要不要聽從都是你的自由。」
噢，原來是這種類型。
有啊有啊，以前也碰過。打著建議的大旗，講述感情論，意圖誘導我的想法向外發展而不是只往內縮。

真的完全沒弄清楚本質。事到如今，就算我變得正面積極也沒有意義。靠心態就能找出辦法改善什麼的時期早就已經過去了，只有變得積極的部分反而會換算成絕望再倒加回來。

就像現在這樣！讓我白白作了場夢！什麼異世界！先讓人以為自己轉生了心情大好，然後再挑個正好告一段落的時機把我又弄回來，這就是你的做法嗎！

「不不，你別誤會。我不是指前世，而是在講今生的事情。」

……嗯？

那這副模樣又是怎麼回事？

「是你的精神體，另外還有肉體。」

精神體？

「當然，肉體也平安無事。」

那麼，這只是一場夢境？即使我醒來，也不會回到這個跟屎沒兩樣的身體裡……嗎？

「YES！這是夢，醒來之後，你的身體會恢復原樣。這下放心了嗎？」

放心了。這樣啊，原來是夢嗎……

「哎呀，這可不是普通的夢喔，我是直接和你的精神溝通。不過還真是讓人嚇了一跳，沒想到精神和肉體的差別如此之大……」

講得真直接。所以，你是想怎樣？

是想說異物很礙眼所以打算把我扔回原本的世界嗎？

「怎麼可能。就算是我，也無法把你送回六面世界以外的異世界。你連這種理所當然該懂的知識都不知道嗎？」

唔，我怎麼可能會清楚什麼事情是理所當然該知道，什麼不是。

「有道理。」

等一下。既然你說無法把我送回去，就代表讓我轉生到這世界來的人並不是你？

「是啊。基本上，我才沒辦法讓人轉生呢，這種事情是壞龍神的拿手把戲。」

噢……

壞龍神嗎……

「所以，你要聽我的建議嗎？」

……不聽。

「咦！為什麼？」

不管現在的狀況如何，你都顯得很可疑。碰上可疑的傢伙，最好的對策就是打從一開始就不要理會對方。

「我真的……很可疑嗎……？」

沒錯，很可疑，散發出滿滿想要騙我的氣勢。

跟玩網路遊戲碰上詐騙的感覺非常相像，開始聽對方主張時其實已經受到操控。

「我不是騙子啦。如果是的話，怎麼會主動問你要不要聽呢？」

那也是作戰策略吧。

「我說你就相信我嘛～」

明明是神，卻發出這麼沒出息的聲音。

況且基本上，我信奉的神根本不是你。

而是會確實賜予我奇蹟的存在。異教的神跑來跟我說些奇奇怪怪的發言，當然會引起疑心啊。更何況嘴上會掛著什麼相信不相信的人通常是騙子。這是我愛看的書裡寫的，絕對沒錯。

「別說那種話嘛，只要聽最初這次就好了。」

什麼啊，這種「只要最前面一點點就好」之類的講法，絕對是想騙我吧。

而且基本上，你知道我生前向神祈禱過多少次嗎？

明明到死為止都沒來救我，事到如今才說要給建議？

「不，你前世那世界的神和我不一樣啊，而且我意思是今後會幫助你。」

所以我說這種話無法讓人相信啊。光靠嘴巴放話沒有用，如果希望我能相信你，起碼要引發個奇蹟給我瞧瞧。

「我不是已經引發奇蹟了嗎？像透過夢境跟人對話這種事，只有我能辦到耶。」

只是搭話這種程度，不必透過夢境也辦得到吧？例如寄個信之類不就得了。

「有道理。不過呢，就算你堅持無法相信我……但如果繼續這樣下去，你會死喔。」

……我會死？為什麼？

「畢竟魔大陸是個嚴苛的地方嘛，幾乎沒東西可吃，魔物的數量也多到和中央大陸根本是不同層次。你好像會說那邊的語言，不過其實連常識也相差很多喔。真的能應付嗎？你有自信？」

啥？魔大陸？

所謂的魔大陸，就是那個位於世界角落的那塊大陸？

等一下，這是怎麼回事？為什麼我會在那種地方？

「你啊，是被大規模的魔力災害波及才會轉移到那裡。」

魔力災害……是指那道光嗎？

「對，就是那道光。」

轉移……原來那是轉移啊……

……對了，不是只有我一個被波及。

之前住的菲托亞領地，那裡的人平安無事嗎？故鄉布耶納村畢竟離事發地點還有一段距離，大概不會有問題，只是家人想必都在為我擔心……

所以，關於這部分的情況如何？

「你問歸問，但實際上願意相信我說的答案嗎？明明你連建議都不肯聽耶。」

也對，感覺你說謊跟喝水一樣輕鬆。

「我能告訴你的只有大家都在祈求你能平安，希望你能活著回去。」

這……一般來說，每個人都會那樣想吧？

「是嗎～？像你本身在內心某處是不是認為……自己消失後其他人大概都鬆了口氣呢？」

……如果要主張自己沒這樣想，的確是在說謊。

我的前世以沒人要的廢物身分劃下句點，這點到現在還是個化不開的心結。

「不過，這世界的你不是沒人要的存在，必須平安回去才行。」

嗯，沒錯。

「只要聽從我的建議，雖然不敢說是絕對，不過會有很高機率能夠回去喔。」

等一下。在聽建議之前，我想知道你的目的。為什麼對我那麼執著？

「你有完沒完啊……是因為你活著好像會很有趣，這理由不就夠了嗎？」

基於「有趣」這種理由行動的傢伙沒一個是正經貨。

「你前世的世界裡是那樣嗎？」

拿有趣當成行動理由的傢伙，都是些喜歡玩弄別人於股掌之中的混帳。

「我或許也有那種部分呢。」

基本上，觀察我怎麼會有趣呢？

「與其說是有趣，不如說是很能引起人的注意，畢竟異世界人真的很罕見。我提供建議，讓你接觸到各式各樣的人，這樣到底會導致何種結果呢……」

原來如此，就像是對猴子下達曖昧的指令，然後開開心心地看對方會用什麼方式去達成嗎？

還真是「了不起」的興趣啊。

「唉……我說你，應該沒忘記第一個問題吧？」

第一個問題？

「那我再問一次吧，你有自信嗎？在不熟悉的危險土地上存活下去的自信。」

……沒有。

「那，還是聽聽我的建議會比較好吧？再提醒一次，不管是要聽從還是不要，你都可以自由決定。」

好吧，我明白了。隨便你是要建議還是要幹嘛，想做啥就做啥啦。

跟我囉哩囉嗦地廢話這麼久，還不如單方面地丟下建議，乾脆地讓這事了結不就得了。

「……是是是，魯迪烏斯，你聽好了。當你清醒後，要依靠附近的男子，然後幫助對方。」

馬賽克神只講完這句話就逐漸消失，留下回音。

第二話「斯佩路德族」

當我醒來時，已經是晚上。

眼前可以看到滿天星斗，還有搖來晃去的火焰光影。

耳邊能夠聽到柴薪燃燒時發出的劈啪聲響。

看樣子自己似乎是睡在篝火旁邊。

當然，我不記得曾升起火堆，也不記得有著手準備野營。

最後的記憶是……對了，才剛注意到天空突然變色，就被一團白光包圍。

然後是那場夢境。可惡，真是討厭的夢。

「啊……！」

我趕忙低頭觀察自己的身體。

眼前不是那個遲鈍沉重啥事也辦不了的身體，已經恢復成雖然年幼卻擁有強大力量的魯迪烏斯。

確認這一點的同時，先前的記憶也如同夢境般逐漸模糊。我鬆了一口氣。

「嘖……」

那個混帳人神，害我回憶起討厭的感覺。

不過真的太好了，我似乎還能繼續在這個世界裡活下去。

畢竟還有很多想做的事情還沒完成……例如至少要捨棄身為「魔法師」的證據。

我試著撐起身體，背後傳來一陣疼痛感。之前是直接躺在地面上嗎？

環視周遭，只見乾涸龜裂的大地在夜空下往外延伸，幾乎看不到草木等植物。

是連昆蟲都沒有嗎？除了篝火發出的聲音，沒聽到其他任何聲響。

好安靜。

甚至讓我覺得要是發出聲音，似乎就會被無窮無盡地吸收。

至少在我的記憶中沒到過這種地方。阿斯拉王國境內不是森林就是草原，是因為那道白光才會變成這副模樣嗎……？

啊……不，不對。不是那樣。人神說過，是我轉移了。

轉移到魔大陸上。

那麼，這裡就是魔大陸。

一定是因為那道光……啊！

（基列奴跟艾莉絲呢……！）

我正想站起來，才發現身後有一名少女拉著我的衣襬沉睡著。

是個看起來個性很好強的紅髮少女。

艾莉絲．伯雷亞斯．格雷拉特。

她是我在菲托亞領地擔任家庭教師時教導的學生。

為什麼我會當上她的家庭教師？這段前因後果先略過不談，但總之我在過去三年間都負責傳授她讀書寫字和算術等學問。

艾莉絲一開始非常旁若無人又任性妄為，是個讓人無計可施只能舉雙手投降的調皮小孩。

或許是因為我順利地完成了一些事件，例如在她差點被綁架時出手幫忙，還在她生日時教她跳舞等等，所以最近總算開始慢慢願意聽我的話。

話雖如此，她依舊是一個平常沒事就會動手動腳的粗魯女孩。

「……」

不知道為什麼，艾莉絲身上蓋著類似斗篷的東西。我身上倒是什麼都沒有……

算了，就當作是女士優先吧。

另外，可以看到我的魔杖「傲慢水龍王」也放在她背後的地上。那是幾天前過十歲生日時，艾莉絲才剛送我的高級魔杖。

總之，艾莉絲看起來沒有什麼外傷，讓我鬆了口氣。

那麼基列奴在哪裡呢？

基列奴是我的劍術老師，也是護衛艾莉絲的女劍士。

這位獸族的劍士擁有非常高超的劍技，我請她傳授劍術，並以教導她學問作為交換。不過呢，她似乎連腦袋都是由肌肉構成，表現得比艾莉絲還差……但是在碰上這種緊急事態時，卻是一個可靠到我根本無法與之相比的人物。

艾莉絲身上的斗篷或許也是基列奴幫她蓋的。

總之，我先丟下還在睡的艾莉絲不管，尋找基列奴的下落。

察看周遭後，才發現雖然先前沒注意到，但火堆旁邊有個人影。

「……！」

坐在那裡的傢伙不是基列奴，而是個男子。

「……」

他像是在觀察我，一動也不動地凝視著這邊。

我宛如被肉食野獸盯上的草食動物那般停止動作，回看對方。

即使內心驚訝，還是冷靜地檢視他的模樣。

看起來並不像是在警戒。反而該說……要怎麼形容？對了，很像是我老姊又怕貓又想要靠近的那種感覺。或許是因為我是個小孩，所以對方擔心有可能會嚇到我嗎？那麼，他應該沒有敵意吧。

才鬆了口氣，這瞬間我注意到男子的外貌。

翠綠色的頭髮，宛如白瓷的雪白皮膚，額頭上有類似紅色寶石的感覺器官。一道傷痕縱貫整張臉，眼光銳利，表情嚴肅。給人一種危險的印象。

最駭人的，是放在旁邊的三叉槍。

我回想起年幼時，那位身為我的老師，而且還教導我人生中最重要注意事項的魔術師——洛琪希曾經告訴我的種族名稱。

「斯佩路德族」。

同時，也回想起洛琪希的教導。

「不要靠近斯佩路德族，也不要和對方搭話。」

我反射性地想要抱起艾莉絲以全力逃走，但是在即將實行前踩了緊急煞車。

因為我回想起人神的發言。

「你要依靠附近的男子，並且幫助對方。」

那個自稱神的言論根本不可信。

更何況在那種對話後，就突然冒出如此可疑的傢伙，當然也不可能相信。

而且還是斯佩路德族，洛琪希曾經再三叮嚀我這個種族有多恐怖。

就算神明叫我要依靠並幫助對方，要我憑什麼信任？

該相信哪一邊？不知道實際上是什麼玩意的可疑人神？還是洛琪希？

這還用說，我當然想相信洛琪希。所以，現在應該要立刻逃走。

不，或許正因為如此，人神才會提出「建議」。如果沒有獲得任何情報，我肯定會逃離這傢伙。最後，就算運氣很好順利脫身……結果會如何？

看看周圍吧。

看看這個黑暗又陌生的風景，還有到處都是岩石，乾涸到龜裂的地面。

如果要率直相信自己被轉移到魔大陸上的這個說法，那麼此處就是魔大陸沒錯。

話說回來，因為人神帶來的強烈衝擊，讓我忘記自己在碰到他之前曾作了個奇怪的夢。

飛向這世界各式各樣場所的夢。

包括山上、海中、森林深處、山谷底部……還有很多似乎會立刻死掉的地方。

如果那並不是單純的夢，恐怕我真的轉移了。

還有，這裡是魔大陸的說法大概也是事實……

然而，即使真的是魔大陸，我也不清楚到底是魔大陸上的哪個地方。

一旦逃走，就會在廣闊的大陸中央茫然徘徊。

到頭來，我根本沒有選擇。

就算現在逃離這男子身邊，和艾莉絲兩個人在魔大陸上流浪，也沒有什麼好處。

或者要賭一把嗎？賭賭看等到天亮後，附近會不會有人煙？

少強人所難。

我本身應該非常清楚，不知道該往哪去是多麼辛酸的事情吧？

冷靜一點，深呼吸！

我沒辦法相信人神，但是，眼前這男子個人又如何呢？

仔細看清楚，觀察對方臉色。那表情是什麼意思？

那是不安，是夾雜著不安和放棄的表情。起碼他並不是個沒有感情的怪物。

洛琪希雖然說過要我別接近斯佩路德族，但也說過實際上她並沒有親自遇過他們。

我知道「歧視」、「迫害」和「魔女狩獵」這類概念。

所以斯佩路德族被畏懼的現狀，也有可能是一種誤解。

或許洛琪希並無意說謊，只是抱著錯誤印象。

根據我的感覺，眼前這男子並不危險。至少完全察覺不到人神散發出的那種可疑感。

不要相信洛琪希也不要相信人神，這次就相信自己的感覺吧。

我當初第一眼看到他時，並沒有產生討厭或害怕的印象，只有因為外表而心生警戒。

那麼，起碼要試著和對方交談，等談過之後再下判斷。

「你好。」

「……嗯。」

我打招呼後，對方也給了回應。好啦，接下來該問什麼呢？

「你是神的使者嗎？」

聽到這提問，男子歪了歪腦袋。

「雖然我不懂你為什麼這樣問，但你們是從天上掉下來的。人族的小孩非常脆弱，所以我升起火堆讓你們取暖。」

他沒有提到人神的名字，那個神沒有跟這個人先套好招嗎？

如果要率直相信人神那句「因為觀察我很有趣」的發言，那麼是不是不只我的行動，連和我接觸的這人會如何行動，他也打算興味盎然地一起欣賞？

真是那樣的話，或許就代表眼前這個人可以信賴。

「所以是你救了我們嗎？真是非常感謝。」

「……你的眼睛看不見嗎？」

「啥？」

對方突然問了奇怪的問題。

「不，我的雙眼都有確實睜開，看得很清楚。」

「那麼，是成長途中雙親沒有教導過斯佩路德族的事情嗎？」

「先不說雙親，師傅的確有嚴正警告過我，說不要接近斯佩路德族。」

「……不遵守師傅的教誨沒關係嗎？」

他放慢語氣，像是在確認我的想法。意思是想知道對於他身為斯佩路德族，我真的不在意嗎？

沒想到這人居然如此膽小。

「你看到我也不害怕？」

我不害怕。心裡並沒有恐懼感，只是抱著懷疑。

然而，沒有必要老實說出來。

「害怕幫助自己的恩人是很沒禮貌的行為。」

「你這小孩講的話真是不可思議。」

他的臉上充滿困惑的表情。

不可思議……嗎？對於斯佩路德族來說，或許受人厭惡排擠的反應反而比較正常吧？

我學過關於拉普拉斯戰役的歷史。那是一場從五百年前開始，人族和魔族交戰了一百年以上的戰爭。

也知道在戰爭後，斯佩路德族持續受到迫害。

對其他魔族的歧視似乎有逐漸改善的傾向，但只有對斯佩路德族的態度顯得特別異常。就像是二戰中的日本人對美軍那樣，所有種族都毫無理由地厭惡他們。

這種態度彷彿是在宣揚：「如果這世上有絕對的邪惡，肯定就是斯佩路德族沒錯。」

要不是因為我生前是不贊同歧視的日本人，說不定在看到他的瞬間已經放聲大叫。

「……」

男子把枯枝丟進篝火裡，傳出劈啪聲。

或許是因為聽到這聲音，艾莉絲「嗯」了一聲並動了動身子。她說不定快醒了。

哎呀，不妙。要是艾莉絲醒了，絕對會大吵大鬧。

在狀況亂成一團前，至少先完成自我介紹吧。

「我叫魯迪烏斯．格雷拉特，可以請教你的大名嗎？」

「瑞傑路德．斯佩路迪亞。」

某些特定的魔族，每個種族各自擁有固定的姓氏。

基本上只有人族會取家族用的姓氏，不過聽說偶爾也會有其他種族因為吃飽太閒而自我取名。

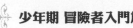

順道一提，洛琪希的姓氏是米格路迪亞。這是我擔任艾莉絲的家庭教師時，洛琪希送來的魔族辭典上記載的情報。

「瑞傑路德先生，我想這女孩很快就會醒。但她是個有點大驚小怪的人，所以我想先表示歉意，真是不好意思。」

「無所謂，習慣了。」

按照艾莉絲的個性，就算一看到瑞傑路德的臉就動手打人也不奇怪。為了避免造成彼此敵對，我應該要先完成必要的對話。

「不好意思，我要移動到你旁邊的位置。」

我瞄了一眼艾莉絲的睡臉，心想大概還沒問題，於是移動到瑞傑路德的旁邊。

在昏暗的火光下觀察，他身上穿著充滿民族特徵的服裝。如果要形容得具體點，大概算是印地安人風格吧？就是那種有刺繡花紋的背心和褲子。

「唔……」

他顯得有點坐立不安。由於不像人神那樣主動進逼，反而給我好印象。

「是說我想換個話題，請問這裡是哪裡呢？」

「這裡是魔大陸東北方的比耶寇亞地區，靠近舊奇希里斯城。」

「魔大陸……」

的確，奇希里斯城位於魔大陸的東北區域。

「為什麼會掉到這種地方來呢……」

「既然你們自己都不知道為什麼，我當然也不知道。」

「說得也對。」

雖然我覺得畢竟這是奇幻世界，發生任何事都沒什麼好不可思議……

然而在即將轉移前，曾經出現佩爾基烏斯直屬部下這樣的大人物，所以或許這並不是偶然造成的結果。

甚至該說，那個人神涉入的可能性也很高。如果我們被波及只是偶然，那麼光是還活著就算賺到了。

「不管怎麼說，非常感謝你救了我們。」

「不必道謝，我倒是想問你們原本住在哪裡？」

「中央大陸的阿斯拉王國，菲托亞領地裡一個叫作羅亞的都市。」

「阿斯拉……很遠。」

「是啊。」

「但你放心，我一定會送你們回去。」

魔大陸的東北區域和阿斯拉王國在地圖上分別位於對角線的兩端，彼此之間的距離遠得跟從拉斯維加斯到巴黎差不多。

而且在這個世界裡，船隻只能通過限定的幾條航線，因此必須走陸路繞好大一圈。

「對於發生什麼事情，你自己沒想到什麼頭緒嗎？」

「要說頭緒……當時才剛注意到天空發光，就有個叫作『光輝的阿爾曼菲』的人冒了出來，說是來阻止異變。我們正在和那個人交談，白光就突然整個蓋過來……下一瞬間已經在這裡清醒。」

「阿爾曼菲……佩爾基烏斯採取行動了嗎？那麼，大概真的發生了什麼事。你們只是遭到轉移算是運氣很好。」

「的確，萬一那是爆炸，我們當場就會死掉。」

瑞傑路德即使聽到佩爾基烏斯這名字也不為所動。

所以雖然讓人意外，但那個叫佩爾基烏斯的傢伙其實是一發生什麼狀況就會行動的人嗎？

「話說回來，你有聽過人神(Hitogami)這存在嗎？」

「HITOGAMI？沒有，那是人名嗎？」

「不，既然沒聽過那就算了。」

感覺他不像是在說謊，而且我也想不到他有什麼必須隱瞞這事的理由。

「話說回來，你來自阿斯拉王國嗎……」

「想想很遠呢。不要緊，只要麻煩你帶我們前往附近的村落……」

「不，斯佩路德的戰士一旦下了決定絕對不會改變心意。」

這是頑固但耿直的發言。即使沒有人神的建議，或許光是聽到這句話就會讓我信賴對方。

不過，我現在容易疑神疑鬼。

「可是，必須從世界的這個角落前往另一端的角落耶？」

「小孩子不必擔心多餘的事情。」

瑞傑路德以戰戰兢兢的態度把手放到我頭上，然後帶著遲疑摸了幾下。

看到我沒有拒絕，他露出鬆了口氣的表情。

這個人是不是喜歡小孩啊？

可是，阿斯拉王國又不是走路十分鐘就能到的地方。縱使他隨隨便便就答應要送我們回去，也讓人無法相信。

「你語言能通嗎？身上有錢嗎？知道路程嗎？」

聽到這些問題，我才注意到一點。

我從先前開始就一直使用人族的語言，這個魔族男性卻能夠流暢回應。

「我會說魔神語，而且也會使用魔術所以應該能夠想辦法賺到錢。只要麻煩你帶我們前往有人居住的地方，就可以自己調查該怎麼走。」

我想盡量把對話導往拒絕對方的方向。雖然這男子或許值得信賴，不過我總覺得最好避免讓事態按照人神的盤算發展。

瑞傑路德對我這種充滿懷疑的發言應該也有不滿之處吧，但是他卻給了耿直的回答。

「這樣啊……那麼至少讓我擔任護衛。要是丟下小孩子不管，會傷害到斯佩路德族的威信。」

「真是注重威信的一族呢。」

「只是這威信已經千瘡百孔。」

聽到這玩笑，我哈哈笑了兩聲對應。瑞傑路德的嘴角也往上揚，露出笑容。

和人神那看起來就極為可疑的笑容不同，那是帶著溫暖的表情。

「總之，明天先前往我受到關照的聚落吧。」

「是。」

雖然神不能相信，但這個男子或許值得信賴。

我想，起碼在到達那個聚落之前，就先相信對方吧。

★　★　★

過了一會兒，艾莉絲的雙眼突然睜開。

她猛然起身，睜大眼睛東張西望。接著臉上逐漸出現不安情緒，直到眼神和我對上之後才露出明顯的放心表情。不過在那之後，她隨即和坐在我旁邊的瑞傑路德四目相對。

「呀啊啊啊啊啊啊啊啊啊啊啊啊啊啊！」

那是相當淒厲的慘叫。艾莉絲先跌跌撞撞地往後退，然後直接站起試圖逃走，卻失去平衡再度坐倒。是已經嚇到腿軟了。

「不要啊啊啊啊啊啊啊啊！」

艾莉絲陷入驚慌狀態。

但是她並沒有抓狂大鬧，也沒有連滾帶爬地逃走。

只是在原地縮成一團，全身不斷顫抖，扯開嗓門拚命嘶吼。

「不要！討厭討厭！好恐怖！好恐怖好恐怖！快來救我啊基列奴！基列奴！基列～奴！妳為什麼還不來！不要！我不要！我不想死！我不想死！對不起！對不起！對不起……魯迪烏斯！對不起，我不該老是用力推你撞你！對不起，我實在沒有勇氣！對不起，我無法遵守承諾嗚啊啊啊啊啊！嗚……嗚哇啊啊啊啊！嗚嗚嗚嗚嗚嗚！」

最後，她像隻烏龜般縮了起來開始嚎啕大哭。

這光景讓我滿心驚駭。

（「那個」艾莉絲居然嚇成這樣……）

艾莉絲是個性很好強的女孩，座右銘恐怕是天上天下唯我獨尊。不但任性又粗暴，凡事也總之先動手再思考，就是這樣的一個人。

而這樣的她，現在卻表現出此等反應。

我該不會……犯下了什麼天大的錯誤吧？

難道斯佩路德族真的是絕對不可以接觸的對象？

我瞄了瑞傑路德一眼，他的表情很平靜。

「那是正常的反應。」

怎麼會這樣！

「我是異常嗎？」

「是異常，但是……」

「但是？」

「那樣並不壞。」

瑞傑路德的側臉看起來似乎相當寂寞。

內心冒出個想法。我站了起來，移動到艾莉絲旁邊。

察覺到有腳步聲靠近，她的身體猛然一震。

我溫柔地撫摸著她的背。邊回想著很久很久以前，每次因為害怕什麼而哭泣時，祖母總是像這樣輕輕拍著我。

「好啦，不可怕喔，真的不可怕。」

「嗚嗚……怎麼可能不可怕！那……那是斯佩路德族啊！」

我不懂讓艾莉絲怕成這樣的理由。

畢竟是「那個」艾莉絲啊，連面對劍王基列奴都敢反抗的傢伙。

這樣的她怎麼可能有害怕的東西。

「真的很可怕嗎？」

「因……因為……斯……斯佩路德族會！會……會吃……吃小孩啊！嗚嗚……」

「不會吃小孩啦。」

不會吧？我看了瑞傑路德一眼，他對我搖搖頭。

「我們不吃小孩。」

對吧。

「聽到了嗎？人家說不吃啊。」

「可……可……可是！那是斯佩路德族啊！是魔族啊！」

「即使是魔族，還是能用人族的語言溝通。」

「不是語言的問題！」

艾莉絲猛然抬起臉，狠狠瞪著我。她恢復成平常的模樣了。

果然，艾莉絲就是要像這樣才對。

「啊，不要緊嗎？沒縮成一團的話，就會被吃掉喔。」

「別……別把我當傻瓜！」

我故意用嘲笑的語氣這樣說完，艾莉絲就狠狠瞪了我一眼。接下來她順勢瞪向瑞傑路德……身體卻開始打起哆嗦，眼裡也含著淚水。

如果她像平常那樣張開腳站著，恐怕連雙腿也會不斷顫抖吧。

「初……初次……初次見面……我……我叫……艾莉絲．伯伯……伯雷亞斯……格雷拉特！」

艾莉絲忍著眼淚，向對方自我介紹。

由於她以一副自以為是的態度瞪著對方，這光景讓人有點想笑。

不，話說回來或許是因為我以前曾經這樣教導她。告訴她要是遇上不認識的人，總之就利用自我介紹來作為先制攻擊。

「艾莉絲．伯伯伯雷亞斯．格雷拉特嗎？原來在我沒注意到時，人族已經開始取起奇怪的名字。」

「不是啦！是艾莉絲．伯雷亞斯．格雷拉特！我剛剛只是有點口齒不清而已！倒是你也快點報上名字啊！」

艾莉絲先大吼之後，才「啊」了一聲，露出不安表情。

因為她總算注意到自己是在對誰大叫。

「這樣啊，抱歉。我是瑞傑路德．斯佩路迪亞。」

艾莉絲換上鬆了口氣的表情，然後一臉得意。

那表情是在表示：怎樣？我根本一點都不怕！

「看，真的不要緊吧？只要能溝通，每個人都能成為朋友。」

「嗯，跟魯迪烏斯你說的一樣！母親大人真是的！總是騙我！」

原來是因為希爾達嗎？不過，她到底講了多恐怖的傳說？

不，要是我實際看到半身死靈或是生剝鬼，或許也會嚇得半死。（註：半身死靈原文是テケテケ，據說是一種沒有下半身的亡靈或妖怪。生剝鬼原文是ナマハゲ，是秋田縣部分地區的傳統民俗活動）

「希爾達夫人說了什麼？」

「母親大人說要是我不早點睡覺，就會被斯佩路德族吃掉。」

原來如此，是被當成用來哄小孩睡覺的迷信嗎？

跟虎〇婆差不多嘛。

「不過，妳並沒有被吃掉。要是能和斯佩路德族成為朋友，或許反而可以向大家炫耀。」

「也……也可以向祖父大人和基列奴炫耀嗎……？」

「當然可以。」

我又偷瞄了瑞傑路德一眼，他露出詫異的表情。很好。

「瑞傑路德先生的朋友似乎不多，我想只要艾莉絲妳提出請求，一定能夠馬上建立起交情。」

「可……可是……」

我原本以為自己的說詞似乎有點太幼稚，然而艾莉絲卻開始猶豫。

仔細想想，艾莉絲沒有朋友。至於我……應該不太一樣吧？或許朋友這個名詞會讓她感到畏縮，大概還需要再推一把。

「好啦，瑞傑路德先生也一樣！」

我開口催促後，瑞傑路德似乎也自然而然地理解目前是什麼狀況。

「咦？啊……噢，艾莉絲……多指教。」

「！真……真沒辦法！我……我就當你的朋友吧！」

看到瑞傑路德低頭拜託後，艾莉絲內心似乎有什麼瓦解了。

太好了。話說回來，艾莉絲真單純。讓我覺得自己考慮那麼多似乎是很蠢的行為。

可是正因為艾莉絲很單純，所以我必須多思考才行……

「呼～總之，我今天要再多休息一下。」

「什麼嘛，你要睡了？」

「嗯，艾莉絲。我很累，不知道為什麼覺得好睏。」

「是嗎？真沒辦法，那晚安啦。」

我躺下之後，艾莉絲把她身邊那件類似斗篷的東西（我想應該是瑞傑路德的個人物品）蓋在我身上。真的好累。

在意識即將中斷前，我聽見一段對話。

「妳已經不害怕了嗎？」

「因為有魯迪烏斯在我身邊啊，所以不要緊。」

嗯，至少我得把艾莉絲平安送回去。

我邊思索著這種事情，邊逐漸失去意識。

第三話「師傅的祕密」

我作了個夢，是天使從空中降臨的夢。

原本以為這場夢和之前不同，肯定是場美夢，結果天使身上有局部打著馬賽克，還露出讓人厭惡的表情，噗呼呼地笑著。等我察覺看樣子這次依舊是場惡夢時，就清醒了過來。

「原來是夢……」

眼前是一片只有岩石和沙土的世界。

魔大陸。

因為人魔大戰而被扯裂的巨大陸一部分。

過去魔神拉普拉斯統整的魔族領域。

面積雖然約有中央大陸的一半，但幾乎沒有植物，地面乾涸龜裂，有許多類似巨大階梯的高低落差地形，還有比人高的岩石阻擋去路，是一片宛如天然迷宮的土地。

而且魔力濃度很高，存在著許多強大的魔物。

據說如果想要步行橫越魔大陸，大概必須耗費橫越中央大陸的三倍時間。

我正在思考該如何對艾莉絲說明接下來會是一段漫長旅途，她看起來卻很有精神。睜著散發出光芒的雙眼觀察魔大陸的大地。

「艾莉絲，這裡是魔大陸……」

「魔大陸！要展開冒險了呢！」

結果她很高興，真是從容啊。算了，也不需要立刻說明引起她的不安。

「動身了，跟我走。」

在瑞傑路德的號令下，我們開始移動。

★ ★ ★

在我休息的期間，艾莉絲已經和瑞傑路德建立起相當不錯的交情。

她高高興興地從自己在家裡的事情講起，也提到了魔術和劍術課程的話題。

瑞傑路德雖然話不多，但對於艾莉絲的發言都有一一回應。

一開始嚇得半死的反應到底是怎麼回事？面對這個恐怖的男子，艾莉絲已經不再害怕。

在對話時，她偶爾會講出非常沒禮貌的發言讓我心驚膽跳，不過瑞傑路德並沒有生氣。無論聽到什麼，都很乾脆地應付過去。

到底是誰放出斯佩路德族很容易暴怒的謠言啊！

況且以前也就算了，現在的艾莉絲多多少少懂得察言觀色。

關於這部分，我有和艾德娜一起確實指導，所以她應該不會突然講出惹火對方的發言吧。

希望真的是這樣。

只是面對不熟悉的對象，也不知道什麼發言會踩到地雷，只能祈禱艾莉絲能盡量慎重。

順道一提，艾莉絲本身的地雷非常容易就會被踩中，所以拜託瑞傑路德也能多加小心。

我心裡正在煩惱這些事，就聽到艾莉絲提高了音量。

「魯迪烏斯是妳哥哥嗎？」

「才不是！」

「可是，格雷拉特是家族姓氏吧？」

「是沒錯，但不是那樣！」

「同父異母？還是同母異父？」

「兩邊都不對啦！」

「雖然我不清楚人族的事情，但是妳要好好珍惜家人。」

「我不是說過不是那樣嗎！」

「無所謂，反正要好好珍惜對方。」

「嗚……」

瑞傑路德的語氣強烈到連艾莉絲都不由自主地有點畏縮。

「我……我會好好珍惜他啦……」

嗯，其實我們真的不是兄妹，而且艾莉絲的年紀還比我大。

魔大陸遍地都是岩石，地形的高低落差也很劇烈。

地面堅硬，土壤呈現碎裂的粒狀。就是那種缺乏營養，差不多快化成沙漠的感覺。被關在這種土地裡，就算是魔族也會發起戰爭吧。

這裡幾乎看不到植物，頂多偶爾會出現類似仙人掌的奇妙岩石。

「唔。你們稍微等一下，絕對不可以動。」

每過十幾分鐘，瑞傑路德就會這樣說並沿著前進方向往前跑。他敏捷地跳過岩山，三兩下就不見人影。

真是驚人的身體能力。雖然基列奴也很誇張，但如果以數值來顯示敏捷性，說不定瑞傑路德會占上風。

離開不到五分鐘之後，瑞傑路德就會回來。

「久等了，走吧。」

即使沒有特別說明，也能聞到三叉槍前端傳來微微血腥味。

他大概是先去打倒阻擋我們前進的魔物。

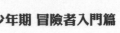

我記得洛琪希辭典上有註明，斯佩路德族額頭上的紅寶石具備類似雷達的機能。

多虧有這個才能提早發現敵人，在魔物注意到我們之前就發動奇襲，瞬間打倒對方。

「我說，你從剛剛起就在忙什麼啊？」

艾莉絲毫不客氣地發問。

「打倒前方的魔物。」

瑞傑路德簡潔回答。

「為什麼明明沒有看到，你卻知道有魔物啊！」

「我能夠看到。」

瑞傑路德說完，把瀏海往上撥。

他露出額頭，還有那上面的紅寶石。

艾莉絲剛看到那個寶石時還有點畏懼，但仔細觀察，那東西其實相當美麗。她立刻換上充滿興趣的表情。

「真方便！」

「或許方便，但我好幾次都覺得沒有這種東西會比較好。」

「那我可以好心收下！來！挖出來給我！」

「沒辦法那樣做。」

瑞傑路德面露苦笑。

艾莉絲居然也學會開玩笑了……應該是在開玩笑吧？

「話說回來，我有聽說過魔大陸的魔物很強。」

「這附近並不算強，不過因為偏離道路，所以數量很多。」

沒錯，數量很多。從剛剛開始，瑞傑路德幾乎是每十幾分鐘就要行動一次。

在阿斯拉王國，即使搭乘馬車移動好幾個小時也不會遇到任何魔物。

雖說在阿斯拉王國有騎士團和冒險者負責定期驅除魔物，但魔大陸上的遇敵率未免也太誇張。

「你從先前開始就是一個人去對付魔物，真的不要緊嗎？」

「沒問題，全都一擊解決。」

「是這樣嗎……如果累了請說一聲，我至少可以支援，也能夠使用治癒魔術。」

「小孩子不必擔心多餘的事情。」

語畢，瑞傑路德把手放到我的頭上，略帶遲疑地摸了幾下。

這個人是那樣嗎？喜歡摸小孩子的頭嗎？

「你只要待在妹妹身邊保護她就可以了。」

「所以說！我才不是妹妹！我是姊姊！」

「唔，原來是這樣，抱歉。」

瑞傑路德講完，也把手伸向發脾氣的艾莉絲頭上，卻被她揮手拍開。

真可憐啊，瑞傑路德。

★★★

「到了。」

大概走了三小時左右吧。

由於經過高低落差很大，而且又蜿蜒曲折的道路，因此花了不少時間。

然而如果換算成直線距離，大概還不到一公里吧。

相當累人。昨天也是，我總覺得身體很沉重。

是轉移的影響嗎？還是單純只是因為我缺乏體力？明明在基列奴的指導下，我都有規律地鍛鍊體力啊。

「是村莊！」

艾莉絲似乎完全不累，以充滿興趣的態度望著眼前的村落。真嫉妒她的體力。

雖然艾莉絲說是村莊，但看起來比較像是規模更小的聚落。

只有約十幾間的屋子聚集在一起，外圍搭建著一圈簡陋的柵欄。

在柵欄內側有一片不太寬廣的田地。雖然不知道田裡種著什麼，但收成看起來並不好。在這種沒有河川的地方培育作物是不是太勉強了呢？

「站住！」

我們在入口被擋下。定睛一看，有一名年約國中的少年站在門邊。

他有著一頭藍髮，讓我聯想到洛琪希。

「瑞傑路德，那兩個傢伙是什麼人！」

是魔神語，看來我在聽力方面沒有問題。

「就是之前的流星。」

「真可疑，不能讓他們進入村內！」

「為什麼？哪裡可疑？」

瑞傑路德以嚴厲的表情逼近門口的警衛，這殺氣真驚人。

要是剛碰面時他就散發出這種殺氣，我大概已經想也不想地就逃走了吧。

「不……不管怎麼看都很可疑吧！」

「他們只是被阿斯拉王國發生的魔力災害波及，轉移到這裡而已。」

「可……可是啊……」

「你這傢伙，打算狠心丟下這種小孩不管嗎……？」

瑞傑路德握起拳頭，我反射性地抓住他的手。

「他也只是在執行工作而已，請克制。」

「什麼……？」

「或者該說，像他這種小嘍囉根本沒有決定權。應該要叫他去找更高層的人士出面會比較好吧？」

聽到小嘍囉這形容，少年皺起眉頭。

「也對，洛因，找村長來。」

瑞傑路德這樣說道，並以駭人的眼神瞪著少年，要他別繼續囉唆一些廢話。

「嗯，我也正想這樣做。」

叫作洛因的少年閉上眼睛，就這樣過了約十秒鐘……

「…………」

他在做什麼，怎麼不快點去叫村長啊？居然還閉上眼睛，該不會是在睡覺吧？

難道是在等人吻他嗎？

「瑞傑路德先生，這是……？」

「米格路德族即使分處兩地，也可以和同族彼此對話。」

「啊，話說起來，師傅好像也有告訴過我這種事。」

正確來說，是洛琪希送來的書裡有提到。上面寫著米格路德族的親近者之間能夠互相通訊，還順便提到她就是因為無法辦到這件事才離開村子。

洛琪希真可憐……

是說，原來這裡是米格路德族的聚落啊。

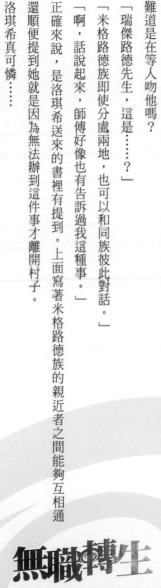

提出洛琪希的名字會不會比較好呢？

不，既然不清楚洛琪希和這村莊的關係，也有可能反而多生事端。

「村長似乎要過來。」

「也可以由我們主動過去。」

「就說不能讓你們進村啊！」

「是嗎？」

現場暫時充滿尷尬的氣氛，艾莉絲扯了扯我的袖子。

「我說，現在是什麼情況？」

艾莉絲聽不懂魔神語。

「因為我們很可疑，所以村長要親自來確認。」

「什麼嘛，我們哪裡可疑……」

皺起眉頭的艾莉絲低頭望向自己身上的服裝。那時因為要離開城鎮，所以她換上了劍術課程時使用的訓練服。雖然有點過於輕便，但並不奇怪。至少看在我的眼裡，和瑞傑路德並沒有太大差異。如果她今天穿的是禮服，那的確非常可疑。

「應該不要緊吧？」

「哪方面要不要緊？」

「雖然我也不會講是哪方面，可是該怎麼說？就是像這種情況……」

「不要緊啦。」

「是嗎……？」

碰上這種在入口就起了爭執的事態，就連艾莉絲也多少會感到不安。

不過，聽到我說不要緊後，她立刻安分下來。

「村長似乎到了。」

有個拄著拐杖，但外表卻像個小孩的傢伙從村子內部走了過來。旁邊帶著兩個國中女生……我的意思是年紀看起來像是國中生的少女。每個人的體型都偏矮小。難道米格路德族即使成人，外表也只會長成國中生左右的模樣嗎？

洛琪希辭典裡並沒有寫著這種知識……

不，插圖的確畫了看起來像國中生的人物。我還以為是洛琪希的自畫像所以感到很溫馨，但那該不會是米格路德族成人後的外型吧？

我正在思考這些事情，村長和洛因開始交談。

「就是這兩個人嗎……？」

「是，其中一個似乎會說魔神語，實在非常可疑。」

「語言這種東西只要學習，無論是誰都能學會吧？」

「這種年紀的人族為什麼要學習魔神語！」

說的有道理。這句話讓我差點感到認同，村長卻拍了拍洛因的肩膀。

「好了好了，你也冷靜下來在旁邊等。」

村長慢慢地走向這邊。總之，我先低頭行了個禮。不是貴族用的那種動作，而是日本式的彎腰致意。

「初次見面，我叫作魯迪烏斯・格雷拉特。」

「哎呀，這真是有禮貌。我是這聚落的村長，洛克斯。」

我對艾莉絲使了個眼色。面對外表年齡看起來和自己差不多，但是氣質顯然不太一樣的人，她不知道該如何應對，只好局促不安地一下雙手抱胸一下又放下。

她大概是在猶豫要不要擺出雙手抱胸雙腳張開的招牌姿勢吧。

「艾莉絲，快打招呼。」

「可……可是，語言不通啊。」

「只要照上課時那樣做就好，我會幫忙轉達。」

「嗚……初……初次見面，我是艾莉絲・伯雷亞斯・格雷拉特。」

艾莉絲按照在禮儀規矩課程中學過的方式打了招呼。

洛克斯看到她的動作，臉上露出笑容。

「這位小姑娘該不會是在向我致意吧？」

「是的，這是我們故鄉的致意方式。」

「哦？和你的方式似乎不同？」

「因為男性和女性各有不同的規矩。」

「這樣啊。」洛克斯點點頭，接著模仿我的動作對著艾莉絲彎腰行禮。

「我是這聚落的村長，洛克斯。」

看到對方突然低頭，艾莉絲驚慌失措地看向我。

「魯迪烏斯，他說什麼？」

「他說他是這聚落的村長，洛克斯。」

「是……是這樣嗎……哼……哼哼，真的和魯迪烏斯說的一樣，有確實傳達給對方呢。」

艾莉絲揚起嘴角，露出得意的笑容。

好，這下這方面應該解決了。

「那麼，能允許我們進入聚落嗎？」

「唔……」

洛克斯以毫不客氣的視線仔仔細細看遍我全身上下每一個角落。別這樣，要是被那麼熱烈的視線注視，會讓人產生想脫掉衣服的衝動啊……

最後他的視線停在我的胸前。

「那個項鍊是從哪裡來的？」

「是我的師傅送我的。」

「你的師傅是哪裡的什麼人？」

「名字叫洛琪希。」

我老實地講出洛琪希的名字。仔細想想，這是尊敬師傅的大名。哪有必要隱瞞。

「你說什麼！」

這時突然大叫的人是洛因。他以驚人的氣勢走了過來，抓住我的肩膀。

「你……你剛剛是不是提到洛……洛琪希？」

「是，她是我的師傅……」

回答的同時，我對在視線角落裡握緊拳頭的瑞傑路德做出制止動作。洛因的臉上並沒有怒氣，只有焦躁。

「洛……洛琪希現在在哪裡！」

「這……我也好一陣子沒見到她了……」

「快告訴我！洛琪希……洛琪希是我的女兒啊！」

抱歉，你剛剛說什麼？

「不好意思，我沒有聽清楚剛才的話。」

「洛琪希是我的女兒！那傢伙還活著嗎！」

Pardon？不，其實我有聽到。只是，我實在很介意這看起來像國中生的傢伙到底幾歲？畢竟光看外表，他反而像是洛琪希的弟弟。

不過，這樣啊，是喔……

「快告訴我！她二十多年前離開這村子以後，就毫無音訊！」

看來洛琪希是瞞著父母離家出走。

雖然我沒聽她提過這種事情……真是，我這師傅老是解釋得不夠清楚。

話說回來，他說二十年？咦？那洛琪希現在到底幾歲？

「拜託你！不要不說話，快點講些什麼！」

哎呀，抱歉恍神了。

「洛琪希現在應該待在……」

這時，我注意到自己的肩膀一直被對方抓著。

宛如受到威脅。

總覺得若是因為受到威脅才講出情報似乎不太對呢，看起來會很像是我屈服於暴力之下。

如果想用暴力讓我屈服，至少要用球棒破壞電腦並以空手道狠狠教訓我之後，再以不堪入耳的侮辱唾罵來挫折我的內心才行。

這時我必須擺出毅然態度，要不然或許會讓艾莉絲感到不安。

「在那之前，請先回答我的問題。洛琪希現在是幾歲呢？」

「年齡？不，比起那種事情……」

「這是很重要的事！還有也請告訴我米格路德族的壽命！」

這是絕對要在這裡先問清楚的情報。

「啊……噢……洛琪希她應該……今年四十四歲。米格路德族的壽命大約是兩百歲，雖然也有不少人病死，但如果以老死來計算，大約是這個年齡。」

和我同年，有點開心。

「是這樣嗎……啊，順便請你放開手。」

洛因終於放開我的肩膀。很好很好，這下可以開始對話了。

「洛琪希在半年前應該是待在西隆王國。

雖然沒有直接見面，但我們有互通書信。」

「書信……？那傢伙會寫人類語言的文字嗎？」

「至少在七年前就已經很完美。」

「是……是嗎……那，她平安無事吧？」

「除非生了急病或是遭到意外，不然應該過得很好吧。」

我這樣說完，洛因就搖搖晃晃地屈膝跪地。

他露出鬆了一口氣的表情，眼中還泛著淚光。

「是嗎……她沒事嗎……真的平安無事嗎……哈哈……太好了……」

真是太好了呢，爸爸（岳父大人）。

不過，看到這模樣讓我回想起保羅。要是知道我平安無事，保羅會不會為我落淚呢？真想早點送信去布耶納村。

「那麼，可以讓我們進入聚落嗎？」

我無視在旁邊哭泣的洛因，對村長洛克斯提問。

「當然可以，怎麼能對通知我們洛琪希平安的人做出失禮舉動呢。」

洛琪希送我的項鍊發揮出卓越的效果。

早知道一開始就拿出來給他們看。不，根據對話內容，也有可能被懷疑是我殺了洛琪希並奪走項鍊。畢竟魔族似乎壽命很長，外表和年齡不一致的狀況應該很常見。就算我外觀看起來像是十歲小孩，萬一被發現精神已經超過四十歲，也有可能引起奇妙的懷疑。

必須小心一點。

要盡量做出符合小孩子的舉動。

就這樣，我們進入了「米格路德族之村」。

第四話「信任的理由」

如果要用一句話來形容米格路德族的村莊，那就是「窮到了極點」。

居民有十幾戶。

屋子的外型很難具體說明。就是先在地面上挖洞，再把龜殼蓋在坑洞上的感覺。

和這裡相比，可以明顯看出阿斯拉王國的建築技術先進很多。不過就算是阿斯拉王國的建築技師來到無法取得木材的這片土地，也會陷入沒有材料可用只能舉手投降的狀態吧。

從村外也能看到的田地裡等間隔地種植著葉子萎縮下垂的植物。看起來似乎快枯萎了，真的不要緊嗎？洛琪希製作的魔族辭典裡對農業方面並沒有提及詳細內容，只有寫著蔬菜有苦味並不好吃這種程度的情報而已。

順道一提，在田地角落種著長了牙齒，類似食〇花的恐怖花朵。（註：電玩《超級瑪利歐兄弟》的敵方怪物）不知道那到底是植物還是動物，一口不整齊的牙齒正發出喀喀聲。我記得那應該是用來對付入侵田地的有害動物。

在村莊角落，可以看到幾個看起來像國中生的女孩正圍著火堆不知道在忙什麼。即使這光景很像是校外教學，但她們其實是在準備食物。集中在同一個地方烹煮，然後分給大家。

村裡幾乎沒看到男性。

雖然有小男孩，不過大人似乎只有剛才負責守門的洛因和村長。

我記得這裡應該是男性負責外出狩獵，女性負責留守家裡的聚落，所以男性大概是出去打獵了吧？

「這附近能打到的獵物是什麼呢？」

「魔物。」

雖然這答案大概已經正確回答了我的問題，但有點不夠詳細。就像是請教漁夫可以捕到什麼，結果對方卻說是海鮮那樣。也罷，只要繼續追問就得了。

「呃，放在屋子上的東西也是魔物嗎？」

「那是大王陸龜（Great Tortoise）。龜殼堅硬，但肉好吃，筋還可以拿來製作弓弦。」

「那就是主要的獵物嗎？」

「嗯。」

肉好吃嗎？不過，我實在無法想像那種尺寸的烏龜。畢竟村裡最大那間房子上蓋著的龜殼看起來約有二十公尺左右。

我正在思考這些事，就看到瑞傑路德與洛克斯走進剛剛提到的那間屋子。

最大的地方就是村長的家。不管在哪個世界，這道理似乎都一樣。

「打擾了。」

「謝……謝謝您邀請我來……」

我和艾莉絲都打著基本的招呼並進入室內。

「喔喔……」

比起外觀看起來的樣子，裡面相當寬廣。

地上鋪著毛皮，牆上掛著色彩鮮艷的壁毯。

房間中央有類似日式地爐的區域，裡面燒著微弱的火，照亮房間內部。

家裡沒有隔間，到了晚上，大概是裹著地上的毛皮睡覺吧。
角落放置著劍和弓等物品，能明顯看出他們的確是狩獵民族。
先前陪在村長身邊的兩名女性並沒有跟進家中。
「那麼，就來聽聽你們的情況吧。」
洛克斯在地爐附近一屁股坐下，如此說道。
瑞傑路德坐在他的正面，我則在瑞傑路德旁邊盤腿而坐。
看了看艾莉絲的情況，她正不知所措地站著。
「在屋子裡也坐在地上嗎？」
「上劍術課時不是經常坐在地上嗎？」
「是……是那樣沒錯啦。」
艾莉絲雖然不是那種不願意直接坐在地上的類型，但大概是因為和禮儀規矩課程中學到的知識有落差，才會感到困惑吧。
上課時學過「在他人面前必須保持禮節」，但現狀卻不一樣，因此她不知所措。
我一邊看著艾莉絲在地上坐下，同時擔心起回去以後，這次經驗不知道是否會在禮儀規矩方面造成不良影響……帶著些微不安，我轉身面對村長。

★　★　★

在討論今後的問題之前，我先把自己的名字、年齡、職業、先前住處，還有和艾莉絲的關係、艾莉絲的身分等個人情報，以及莫名其妙來到魔大陸所以想回去的願望都告知對方。

至於人神的事情則沒有提起。我不確定那個神在魔族心中具備何種立場，萬一是被視作邪神，有可能會引起多餘的懷疑。

「……就是這麼回事。」

「嗯。」

洛克斯聽完我的話，露出國中生面對難題正在苦惱的表情並陷入思考。

「……是這樣嗎……」

我等待他做出結論，身邊的艾莉絲卻開始打起瞌睡。從旁看來本以為她依然很有精神，但或許不習慣的旅行果然還是消耗了她的體力。

昨晚在我睡著之後她似乎也一直醒著沒睡，還是到極限了嗎？

「我會負責溝通，妳想睡就睡吧。」

「……你說想睡就睡，但要怎麼睡啊？」

「大概是裹著旁邊的毛皮吧。」

「可是沒枕頭。」

「妳可以用我的大腿。」

我模仿麵〇超人的風格說出這句話，並拍了拍大腿。

「用……用你的大腿是什麼意思……」

「就是可以把我大腿的部分當成枕頭。」

「…………是喔？謝……謝謝。」

如果是平常的艾莉絲，或許會嘀嘀咕咕地抱怨。然而大概是睡意已經到達最高值，她甚至沒有表現出想推辭的反應，直接把頭枕到我的大腿上。雖然臉上帶著緊張表情，雙手還緊緊握拳，不過閉上眼睛後沒過幾秒，她就很乾脆地睡著了。果然累了嗎？

我輕輕摸著艾莉絲的紅髮，大概是會癢，她扭了扭身子。噗呼呼。

這時，我感覺到視線。

「……有什麼事嗎？」

洛克斯以一種彷彿在欣賞什麼溫馨場景的眼神望著我們，真讓人有點難為情。

「你們感情真好。」

「那是當然。」

不過，還保持著嚴禁親密接觸的關係。畢竟我們家大小姐擁有紮實的貞操觀念，而我本人也尊重她的想法。

「那麼，你們打算怎麼回去？」

洛克斯提出和瑞傑路德相同的問題。

「徒步，邊旅行邊賺錢。」

「就兩個小孩子？」

「不，由我一個人負責賺錢。」

怎麼能交給對世事一竅不通的艾莉絲呢，雖然在不知世事這方面我也是半斤八兩啦。

「不是兩人，我會跟著。」

這時，瑞傑路德插嘴說道。他雖然是可靠的同伴，但還要顧慮到人神的問題。即使我心裡很想信任他，不過還是在這裡分開會比較好。要先斬斷後顧之憂。

不過……好啦，該如何拒絕呢？

我正在煩惱，這時洛克斯卻面露難色。

「瑞傑路德，你跟著他們是有什麼打算？」

「沒有什麼打算。我會保護兩人，把他們平安送回故鄉。」

瑞傑路德不太高興地回答。

聽到這有些各說各話的回答，洛克斯嘆了口氣。

「你無法進入城鎮吧？」

「唔……」

嗯？無法進入城鎮？

「你帶著這兩個孩子靠近城鎮後，會發生什麼事？我記得應該是一百年前吧？你被衛兵四處追殺，甚至還組織了討伐隊。」
一百年前？
「這……但是，只要我一個人在外面等就可以了。」
「在城鎮內發生的事情就不管了嗎？真是不負責任。」
看到洛克斯不以為然的表情，瑞傑路德狠狠咬牙。
斯佩路德族受眾人厭惡，即使在魔大陸上也是一樣。不過，討伐隊未免太過火了吧，是被視為魔物嗎？
「要是在城鎮裡發生什麼事……」
「要是出事，你打算怎麼做？」
「即使要殺光全鎮的人也會救出他們。」
瑞傑路德的眼神很認真，可以看出這傢伙心裡有真的會那樣做的決心。
「一牽扯到小孩子就是非不分呢……回想起來，你能受到這村莊認同，也是因為你出手救了遭到魔物襲擊的小孩。」
「是啊。」
「那是五年前發生的事吧，時間過得真快……」
村長無奈地嘆了口氣。雖然承蒙對方幫助還說這種話實在很沒禮貌，但這動作會讓我感到相當不爽。因為不管怎麼看，都像是個得意忘形的國中生在嘲笑大人很蠢。

「不過瑞傑路德，用這麼強硬的手法能達成你的目的嗎？」

「唔……」

瑞傑路德皺起眉頭。原來這男子似乎有什麼目的。

「所謂的目的是指？」

我插嘴提問。

「很單純的事，他想要消除世人對斯佩路德族的負面評價。」

我差點回答那種事根本不可能辦到。

所謂的歧視問題，並不是一個人努力就能夠改善的狀況。就連以班級為單位的霸凌，也不是只靠一個人就能解決的事件。更何況對斯佩路德族的迫害觀念在全世界都已根深蒂固，連那個艾莉絲都嚇成那副模樣。像這種一直被斷定為邪惡的存在，到底要怎麼做才會變成善良呢？

「可是，你們真的有在戰爭中不分敵我都出手攻擊吧？」

「那是因為……！」

「就算說是負面評價，但斯佩路德族是恐怖種族的事實……」

「不對！那不是事實！」

瑞傑路德勒住我的領口，還以非常駭人的眼神瞪著我。糟糕，我開始發抖了。啊哇哇……

「那是拉普拉斯的陰謀！斯佩路德族不是恐怖的種族！」

什……什麼……他說什麼？別這樣，有點嚇人，我的身體一直抖個不停。是說，陰謀？是陰謀論嗎？他提到的拉普拉斯是五百年前的人物吧？

「你……你說拉普拉斯做了什麼？」

「他背叛了我們的忠誠！」

抓住我的力道減弱了。我拍了拍瑞傑路德的手，他總算放開我的領口。

「那傢伙……那傢伙他……！」

可是，他的手不斷顫抖。

「我可以請教詳情嗎？」

「說來話長。」

「沒關係。」

接下來瑞傑路德敘述的故事，可以說是歷史背後的另一面。

★★★

魔神拉普拉斯。他是統一魔族，從人族身上贏得魔族權利的英雄。

斯佩路德族在非常早的時期就已經成為拉普拉斯的屬下。除了優秀的敏捷度和凶惡的偵察能力，而且還擁有極高戰鬥能力的他們是拉普拉斯的禁衛隊之一，專門負責奇襲和夜襲。由於額頭上的眼睛能像是雷達那樣看清周圍，因此他們絕對不會反遭奇襲，也一定能讓奇襲行動成功。

據說斯佩路德族是精銳部隊。

在當時的魔大陸上，提到斯佩路德族時甚至會讓人抱著敬畏和尊敬。

拉普拉斯戰役中期。

正好是開始侵略中央大陸的時期，拉普拉斯帶著一把槍拜訪斯佩路德族戰士團。

他拿去的東西是後來被稱為「惡魔之槍」的武器。

拉普拉斯把那東西賜給戰士團。據說那把槍雖然外觀和斯佩路德族的三叉槍相同，但槍身漆黑又散發出不吉之氣，一看就知道是魔槍。

當然，戰士團中也有人反對。他們宣稱：「槍是斯佩路德族的靈魂，不能捨棄原本的槍改用這種東西。」然而，這是眾人主公的拉普拉斯準備的武器。所以最後，身為團長的瑞傑路德強制所有人改用這魔槍。

因為他相信這樣做可以彰顯對拉普拉斯的忠誠。

「嗯？團長？」

「沒錯，我以前是斯佩路德族戰士團的團長。」

「……請問你現在幾歲？」

「五百之後就沒在算了。」

「噢……是喔……」

洛琪希辭典裡有寫到斯佩路德族很長壽嗎？算了也沒差。

斯佩路德族戰士團把前往某地把自己原本的槍插在那裡，改用惡魔之槍繼續戰鬥。

惡魔之槍擁有強大的力量。能促進身體能力提昇數倍，讓人族使用的魔法無效化，感覺也會變得更加敏銳，帶來壓倒性的全能感。

結果，斯佩路德族逐漸轉變成被他人視為惡魔的存在。

惡魔之槍吸入越多鮮血，使用者的靈魂也會隨之被汙染得越漆黑。

然而卻沒有人產生疑心。由於所有人的精神都以差不多的速度受到侵蝕，因此沒有任何人察覺自身以及周圍的變化。

於是，悲劇開始發生。

不知從何時起，戰士團無法區別出敵我，皂白不分地對周遭發動攻擊。他們襲擊每一個人，不問男女老少，就算對象是小孩子也毫不留情。

瑞傑路德說那時的記憶依舊歷歷在目。

曾幾何時，魔族認定斯佩路德族是叛徒，而人族則說他們是無血無淚的惡魔。

據說當時的瑞傑路德等人即使得知這傳言，似乎也面露愉悅表情，認為這樣才是一種「讚美」。

在四面受敵的情況下，裝備惡魔之槍的斯佩路德族很強大。沒有人能夠殲滅靠著魔槍力量以一擋千的戰士團，他們也成為世界上最讓人畏懼的集團。

然而，並不是完全沒有消耗。受到人族、魔族雙方的敵視，不分日夜持續戰鬥，讓斯佩路德族的戰士團人數一個個減少。

明明如此，卻依舊沒有任何人對這種現狀感到懷疑。甚至還陶醉於其中，認為能因為戰鬥而死正是至高的終局。

這時，他們聽說斯佩路德族的聚落遭到襲擊。

地點是瑞傑路德的故鄉。雖然這是為了誘出斯佩路德族的陷阱，他們之中卻沒有人能做出正常判斷。

斯佩路德族的戰士團回到久違的聚落——並發動攻擊。

他們認為既然那地方有生物，就該一律殺光。

瑞傑路德殺死雙親，殺死妻子，殺死姊妹，最後刺穿自己的小孩。

雖說還是個小孩，但他也受過要成為斯佩路德族戰士的鍛鍊。即使戰鬥的內容算不上死鬥，但在最後，瑞傑路德的兒子打斷了惡魔之槍。

這瞬間，讓人心情舒暢的美夢結束。

同時，惡夢上演。

瑞傑路德嘴裡有個硬梆梆的物體。發現那是兒子的手指後，他狠狠吐了。原本想要自殺，但瑞傑路德立刻推翻這想法。因為比起去死，還有其他必須去做的事情。

也就是有一個即使自己會死，也要把對方碎屍萬段的敵人。

這時候，斯佩路德族的聚落被魔族的討伐軍包圍。戰士團只有十人。

拿到惡魔之槍時人數約有兩百的戰士團，那些勇猛果敢的戰士們，現在居然只剩下十人，而且是滿身瘡痍的十人。有人失去一隻手，有人失去一隻眼睛，還有人額頭上的寶石已經碎裂。即使遍體鱗傷，他們依舊以好戰表情瞪著將近一千人的討伐軍。

瑞傑路德領悟到，自己等人會白白喪命。

所以他第一個行動，是把同伴們手上的惡魔之槍全部打斷。

同伴們一個個恢復神智，然後茫然自失。

有人因為殺死家人而悲嘆，有人淚如雨下。

然而，沒有任何人要求繼續作那場夢，沒有任何人如此軟弱。每個人都發誓要找拉普拉斯復仇，也沒有任何人指責瑞傑路德。他們已經不再是惡魔，也不是戰士這種擁有高潔尊嚴的存在。

只是一群髒兮兮的復仇鬼。

瑞傑路德不知道那十人最後怎麼樣了。

他說，他們恐怕全都死了。

一旦放開惡魔之槍，斯佩路德族只不過是有點強的戰士。更何況熟悉的自己那把槍也不在手邊，而是必須用他人的武器戰鬥，當然不可能殘活下來。然而，瑞傑路德本身突破了包圍，在半死半活的狀況下徹底甩開追兵。之後，在生死邊緣徘徊了三天三夜。

活下來的瑞傑路德身上的唯一物品，是兒子的槍。他兒子打斷惡魔之槍，以自己的靈魂保護瑞傑路德。

之後，經過數年的潛伏生活，瑞傑路德成功報仇。

據說他介入殺死魔神的三英雄和拉普拉斯之間的戰鬥，終於報了一箭之仇。

然而即使打倒拉普拉斯，也不代表一切能夠重來。

斯佩路德族受到迫害，除了被瑞傑路德等人親手毀滅的聚落，還有其他幾個聚落也因為迫害而四分五裂。

為了幫助族人逃走，瑞傑路德又和魔族開戰。

據說斯佩路德族在戰後受到的迫害極為慘烈，而瑞傑路德的反擊也宛如烈焰般狂暴。

瑞傑路德已經將近三百年沒在魔大陸上遇到其他斯佩路德族。

其他斯佩路德族是否已經全滅？還是逃到哪裡建立起聚落？他似乎也不太清楚。

「會演變成這樣，全都是因為拉普拉斯。然而，我也必須為斯佩路德族的負面評價負起責任。所以就算我是全族的最後一人，我還是很想消去這個負面評價。」

最後，瑞傑路德如此收尾。

★　★　★

他的話語很樸拙，絕不是那種試圖動之以情的言論。

然而瑞傑路德的遺憾、憤怒、無奈，各式各樣的感情都有傳達給我。

如果這是編造出來的故事，或是說話方式和聲調其實是演技，我大概會基於別種意義對瑞傑路德感到尊敬。

「真是悲慘的過去……」

如果全盤相信這番話，那麼斯佩路德族是恐怖種族的認知就是一種錯誤。

我也不懂拉普拉斯為什麼要把惡魔之槍送給他們。或許是考慮到戰後收拾局面時，可以把斯佩路德族塑造成代罪羔羊。如果真是那樣，拉普拉斯真是個最惡劣的超級混帳。

斯佩路德族如此忠誠，就算要把他們當成代罪羔羊，應該也沒有必要採用那種類似陷害的手法來捨棄他們才對。

「我明白了，我也會盡可能幫忙。」

內心某處有另一個我提出異議。

你現在有那種餘裕嗎？有那種餘裕去顧慮別人的問題嗎？自己的事情就應付不過來了吧？旅行可會辛苦得超乎想像喔。

然而，嘴巴這邊卻沒有停下來。

「雖然我也提不出什麼好主意，但是身為人族小孩的我出手幫忙，或許能夠帶來某種變化。」

當然，我不只是基於同情和善意，也自有盤算。

如果剛剛的故事是真的，那麼瑞傑路德很強，擁有和英雄同水準的力量。他表示要用這種力量來保護我們，那麼至少在途中不會因為受到魔物襲擊而死吧。

要帶著瑞傑路德同行，就代表在城鎮外可以放心，在城鎮內則會不安，必須分別面對這兩種狀況。但是如果能解決在城鎮內的不安，他將會成為最棒的戰力。

畢竟他是宣稱不會受到奇襲也不會受到夜襲的強者，在城鎮中被扒手或盜賊之流盯上的可能性應該也會大幅降低。

而且……雖然沒有根據，但我總覺得他看起來是個不會說謊的笨拙男子，或許是個能夠信賴的人物。

「我可以承諾，我會盡可能幫忙。」

「啊……嗯。」

瑞傑路德露出訝異的表情。是因為我的眼中不再有猜疑神色嗎？

怎樣都無所謂，我決定要相信他。沒錯，我三兩下就被剛才那番話給騙倒了。明明生前就算聽到什麼賺人熱淚的故事，我也只是會哼氣嘲笑而已，現在卻被輕易打動。所以不是也很好嗎？就算被騙也沒關係。

「可是，斯佩路德族真的……」

「沒關係，洛克斯先生。我會想辦法對應。」

在城鎮外受瑞傑路德保護，進城鎮後由我保護他。這是Give and Take。

「瑞傑路德先生，從明天起，請你多多關照。」

若說有一個不安點，那就是恐怕這個發展正符合人神的意圖。

第五話「到最靠近城鎮的三天」

隔天。要離開村莊時，我注意到洛因的身影。他今天也站在門邊。

「早安，今天也負責守門嗎？」

「嗯，要守到外出打獵的那些人回來為止。」

說起來，昨天即使到了晚上，男性成員們也沒有回來。說不定洛因整晚都站在這裡，就像是RPG遊戲裡會出現的看門警衛。彷彿在表示這是不管早上白天還是夜晚，都只要一直站著就好的簡單工作。

話雖如此，在那些人回來前，他必須一個人擔任警衛嗎？啊，還有村長在。畢竟是這種聚落，村長應該也會確實工作吧。

「要離開了嗎？」

「嗯，畢竟昨天晚上已經做出結論。」

「我本來想問問我女兒的事情……」

「雖然我也非常想聊這個，但實在沒有太多時間。」

「是嗎……」

他看起來很遺憾，其實以我來說，也很想多知道一些洛琪希小時候的往事。

「要是我有再見到她，會轉告她跟你們聯絡。」

「麻煩了……」

洛因對我低下頭，我則在心中留下備忘，提醒自己遇到洛琪希時要記得轉達這件事。

「啊，對了。你等我一下。」

以似乎想到什麼的態度這樣說完後，洛因衝回村子裡。

他跑進一間房子（我猜那應該就是洛琪希的老家），幾分鐘後，和一個與洛琪希非常相像的女孩一起回來。要叫人的話不是使用心電感應就好了嗎？我正在這樣想，才發現他手上拿著某種類似劍的物體。是要給我的東西嗎？

「這是內人。」

「我叫洛嘉莉。」

這位似乎是洛琪希的母親。

「我是魯迪烏斯．格雷拉特，您看起來真年輕。」

要是沒有生下洛琪希的這兩人，我恐怕無法踏往外界。一想到這一點，我自然而然地低下頭敬禮。

「哎呀，居然說我年輕……我今年都已經一百零二歲了。」

「不不，您真的還很年輕啦。」

順便說一下，米格路德族似乎在約十歲上下就會成長到和他們成人後差不多的模樣，之後直到一百五十歲左右，外貌都不會改變。

「我受到洛琪希老師多方照顧。」

「老師……那孩子懂得什麼能傳授給別人的事情嗎……」

「她教導我許多不知道的知識。」

我笑著回答，洛嘉莉卻「哎呀」一聲紅了臉。似乎誤解了什麼。

「是說，幸好你湊巧在我負責守門時來到村裡。」

「是啊，能遇見兩位實在是太好了，因為我真的受到洛琪希老師許多照顧。如果方便的話，是否能讓我也跟著老師稱呼您為爸爸（岳父大人）呢？」

「哈哈哈……還是不了。」

他一本正經地拒絕，我有點受到打擊。不過這嚴肅表情也和洛琪希很相像，讓我總覺得很懷念。

「先不開玩笑，你收下這個吧。」

洛因這樣說完，把一把劍遞給我。

「就算有瑞傑路德在，赤手空拳應該還是會感到不安。」

「其實我並不是赤手空拳……」

嘴上雖然這樣說，我還是接下那把劍，從鞘裡拔出劍身。

這是一把寬幅的單刃劍，刀身部分大約是六十公分，尺寸算是比較小。刀身帶點弧度，類似開山刀……不，應該比較像短彎刀吧。雖然到處都看得到似乎已有年代的傷痕，但刀刃完全沒有受損。或許是被保養得很好，刀身雖然美，不過似乎也微微散發出銳利的殺意。會這樣覺得，或許是因為雖然整體是深灰色，但會反射出偏綠的光芒。

「這是以前來到聚落的鐵匠送我的東西，即使長年使用，刀刃也堅固得毫無缺損。可以的話就拿去用吧。」

「那麼我就心懷感謝地收下了。」

我不會客氣，現在也不是有餘裕推辭的狀況。能拿到的東西就該收下。

而且自己也就算了，但艾莉絲手無寸鐵也未免太可憐。畢竟她也能夠使用劍神流，手邊有把武器應該比較能放心吧。

「還有，這些是錢。雖然沒多少，不過要去旅社住個兩三晚應該還足以因應。」

耶～拿到零用錢了！我開開心心打開袋子後，發現裡面裝著以石頭製成的粗劣硬幣，以及用深灰色金屬鑄造的硬幣。

我記得魔大陸的貨幣是綠礦錢、鐵錢、屑鐵錢、石錢這四種。貨幣價值是全世界最低，即使是最高等的綠礦錢，也和阿斯拉大銅幣一枚同價甚至有點不足。鐵錢和銅幣差不多。順便一提，把阿斯拉王國和魔大陸的貨幣換算成日幣後，大概是以下的感覺。

如果把最便宜的石錢設定為一日幣。

阿斯拉金幣	十萬日幣
阿斯拉銀幣	一萬日幣
阿斯拉大銅幣	一千日幣
阿斯拉銅幣	一百日幣
綠礦錢	一千日幣
鐵錢	一百日幣
屑鐵錢	十日幣
石錢	一日幣

只要看一眼這些數值，就能明白阿斯拉是何等程度的大國，而魔大陸的環境又是多麼地嚴酷。

不過，魔大陸還是有魔大陸自己的物價行情，所以也不能說魔族特別窮困。

「……真的非常感謝。」

「其實我真的很想花點時間好好聊聊洛琪希的事情。」

洛嘉莉也講了和洛因差不多的發言，果然很擔心女兒吧。

雖說洛琪希已經四十四歲了，但換算成人族的年齡……大概也才二十歲左右。要說會不會擔心，當然還是會擔心。

「要不然，我們再留下來一天如何？」

我試著如此提案，洛因卻搖了搖頭。

「沒關係，只要知道她平安就好。對吧？」

「嗯，因為那孩子在這村裡無法順利適應。」

無法順利適應的原因，一定是因為心電感應能力的問題吧。

基本上村子裡聽不到對話聲。大家都不開口，大概全靠心電感應溝通。洛琪希說過她沒辦法辦到這個心電感應。既然無法參加對話，也聽不見他人的對話，的確會讓人想離家出走。

「我明白了。那麼，有機會再見。」

「嗯。不過，我可不接受爸爸這稱呼喔。」

「啊哈哈，當……當然。」

又被狠狠警告了一次。雖然不確定自己還會不會碰到洛琪希，不過以後至少要找一天來還錢。

★★★

前往最靠近的城鎮，似乎必須徒步三天。

才第一天，我就立刻深切感受到瑞傑路德的重要性。幸好我有接受他成為同伴。

長年以來都獨自旅行的瑞傑路德很清楚路線，露宿的準備也很完美。當然，由於他還擁有人肉雷達，因此偵察方面也是易如反掌。這個人實在太好用了。

「如果方便的話，能麻煩你教導我各種知識嗎？」

「學會後又能怎樣？」

「能派上用場。」

如此這般，我和艾莉絲為了在這三天內完全學會野外露宿的訣竅，決定向瑞傑路德求教。

「首先要升起火堆，但是魔大陸上沒有能當成柴薪的木材。」

嗯，話說回來遇到瑞傑路德時，一開始也是有火堆。

「那麼該怎麼做？」

「要狩獵魔物。」

在魔大陸上，似乎不狩獵魔物就無法生活。

「剛好附近有一隻，你們等一下。」

「哎呀，請稍等。」

瑞傑路德正想衝出去，卻被我抓住肩膀阻止。

「什麼事？」

「你打算一個人戰鬥嗎？」

「嗯，狩獵是戰士的責任。小孩子乖乖等。」

原來如此，瑞傑路德似乎打算接下來也一直採用這種模式。

算了，看在已經活了五百年以上的瑞傑路德眼裡，我們別說是小孩，根本連孫子都算不上吧。

而且，瑞傑路德非常強，即使全交給他大概也沒有問題。

然而，凡事都有萬一。

要是因為某種理由導致瑞傑路德無法行動，或者是萬一他死了，會留下幾乎沒有實戰經驗的我和艾莉絲。

到時候說不定我們剛好待在森林深處，也或許正在面對凶惡魔物。

為了在那種場合下也能存活下來，我想趁著現在開始累積實戰經驗。

（所以，無論如何都必須讓他教我們戰鬥訣竅……）

不，這種想法不好。我和他的關係是 Give and Take，彼此對等。

所以不能請他教導，而是要兩個人一起建立協力戰鬥的模式。

「我們不是小孩。」

「不，是小孩。」

「我說……瑞傑路德。」

我以強烈的語氣直呼他的名字。他有點沒弄清楚，所以我必須明確顯示出立場，也就是彼此沒有任何一方是上對下。

「我們會幫忙你，你也會幫忙我們。雖然目的不同，但卻是並肩作戰的同伴，也是對等的……戰士吧？」

接著，我看向瑞傑路德的雙眼，盡可能擺出嚴肅的表情。經過十數秒的掙扎猶豫後，瑞傑路德很快下了決斷。

「…………我明白了，你是戰士。」

雖然帶點無奈感，但這下就能在有人保護的情況下練習危險戰鬥。

「當然，艾莉絲也要參加戰鬥，可以吧！」

「當……當然嘍！」

艾莉絲雖然瞪大眼睛愣了一下，但立刻使勁連連點頭。很好很好，乖孩子。

「那麼，瑞傑路德先生，請你帶我們前往有魔物的地方。」

戲演完了，果然交涉時必須擺出強硬態度。

★ ★ ★

我們第一個面對的敵人，是叫作石魔木的魔物。

魔木這種東西，簡單來說就是樹變成的魔物。只要是吸收魔力，產生變異並變得會襲擊人類的樹木，全都被統稱為魔木。

由於「樹變成的魔物」這分類太概略，因此魔木又細分為許多種類。

首先是全世界都已確認其蹤跡的小型魔木。這是年輕樹木變化成的魔物，基本上會擬態成普通樹木並襲擊人類。力量不強，動作也慢，一般的成人男性就算沒有經過長期訓練，也能拿斧頭砍斷它。

而小型魔木如果從大森林裡的妖精之泉吸取養分後，就會變化成叫作長老魔木的魔物。妖精之泉蘊含超高濃度的魔力，據說靠著這力量，長老魔木會變得能使用水魔術。

其他還有大樹變成的大型魔木，枯樹變化成的殭屍魔木等等，有許多種類。

雖然種類不同，但基本的行動模式不變。都會擬態成普通樹木，然後襲擊靠近的獵物，過一陣子之後留下種子，自行增加。

不過，這個石魔木有點特殊。

居然是擬態成岩石。

樹木要怎麼擬態成岩石？想必大家都會產生這種疑問吧。

其實也沒什麼好不可思議，因為石魔木是在種子時期就成為魔物。

平常會保持巨大種子的外型，等人靠近時才瞬間變化成樹木並發動攻擊。

就算說是種子，也不是葵花子那種一看就知道是種子的形狀。而是類似路邊散落的岩石，表面凹凸不平的圓形物體。

最相像的東西或許是馬鈴薯吧。

「在戰鬥時，有什麼必須特別注意的地方嗎？」

「魯迪烏斯，我記得你是魔術師吧？」

「是。」

「那麼，不要用火。」

「沒有效嗎？」

「燒掉了就無法拿來當柴薪。」

「原來如此。」

「水也不行。」

「是因為要是弄濕，就很難點燃嗎？」

「沒錯。」

光聽這一連串對話，就可以知道在瑞傑路德眼中，那魔物就只是柴薪。

換句話說，只要有瑞傑路德在場，應該可以認定和這魔物戰鬥幾乎沒有危險吧。是個能夠安全對戰的敵人。

「那麼，先試著由我和艾莉絲上場。要是艾莉絲有危險，請你出手幫忙。」

「不讓我參戰的決定有什麼意義嗎？」

「因為現在還不知道我和艾莉絲能夠應戰到什麼程度，之後會請瑞傑路德先生你一個人戰鬥給我們看並作為參考。」

「我明白了。」

如此這般，決定以艾莉絲當前衛，我擔任後衛的陣形來戰鬥。

這是基於艾莉絲劍術實力的安排。雖然我也不願把可愛到不行的艾莉絲放在前衛，但她即使擔任中衛也派不上什麼用場，因為艾莉絲無法配合別人。順道一提，瑞傑路德不需要支援。

所以，讓艾莉絲自由戰鬥，由瑞傑路德和我提供支援。

這種形式應該最理想吧。

「那麼艾莉絲，我會從遠距離擊出一招大規模的魔術，請妳在敵人衰弱後再出手。基本上，我會喊出要使用的魔術名稱，不過緊急時會省略，妳要有心理準備。」

「我知道了！」

艾莉絲邊確定剛拿到的劍揮起來是什麼感覺，同時充滿幹勁地點頭。戰意方面沒有問題。

好！我舉起魔杖。

火和水都不能用，根據外型，風似乎也不會有什麼效果，所以只能用土嗎？
我很擅長土魔術，畢竟我製作了一堆人偶模型嘛。
然而，畢竟是第一次面對魔物，還是從一開始就使出全力吧。
「呼……」
我做了個深呼吸，讓魔力聚集到手掌前方。
這是重複過幾萬次的動作，現在就算處於腳被切斷的狀態，我也能夠使用魔術。
「好。」
產生：砲彈型岩石。硬度：盡可能最硬。
變形：將砲彈前端削平，並加上凹槽和刻痕。
變化：高速旋轉。大小：比拳頭再大一點。速度：盡可能最快。
「『岩砲彈（Stone Cannon）』！」
岩石形成的砲彈從魔杖前端蹦出，撕裂空氣發出呼嘯聲。
接著砲彈幾乎保持水平，以驚人的速度往前飛，打中還在擬態的石魔木。
發出讓人想要塞住耳朵的聲響後——魔木爆炸碎裂。
成了碎片。
直接死亡。
艾莉絲本來已經開始往前跑，卻在魔術命中敵人的同時停下腳步，以不爽的表情瞪向我。

「還說什麼要讓敵人衰弱！你的意思是要我砍屍體嗎！」

「對……對不起，我也是第一次所以抓不準該出手多重。」

「真是！」

初次實戰卻被潑了冷水，讓艾莉絲非常不高興。

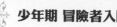

可是，真沒想到居然一擊就幹掉對方。我只是把普通的岩砲彈加工成類似空尖彈(Hollow-point bullet)的形狀而已。原本世界的人類想出來的發明果然很不知節制。

這時我感覺到瑞傑路德的視線。

「那把杖是魔道具嗎？」

他看著我的魔杖。

「不，是普通的杖，不過聽說材料似乎有點高價。」

「但是你沒有詠唱也沒有使用魔法陣。」

「必須以無詠唱方式來使用，否則無法讓砲彈的形狀產生變化。」

「……這樣啊。」

瑞傑路德不說話了。看來即使是對於活了五百年的他來說，無詠唱好像也很罕見。

「那麼……那是你最強的魔術嗎？」

「不，剛剛那個還可以在擊中敵人的同時爆炸。」

「當同伴在敵人附近時，你還是不要使用魔術比較好。」

「說的有道理。」

雖然這是我第一次打中目標，但破壞力超過預想。說不定光是掃過都有可能直接打死敵人。如果有什麼適合用來支援的魔術就好了，但大概是因為我從以前開始就一直在假設單打獨鬥的狀況，一時也想不出來。不知道這世界的魔術師如何戰鬥？

「瑞傑路德先生，如果要用魔術提供支援，該怎麼做才好？」

「不知道，至今為止我都沒和魔術師合作過。」

也是啦，瑞傑路德是身經百戰的斯佩路德族，不可能去模仿其他隊伍的行動吧。

關於協力，之後再慢慢規劃就行。現在要先考慮該如何累積實戰經驗。

「那麼雖然不好意思，要麻煩你再度搜尋敵人。」

「嗯……不過，在那之前還有事要做。」

「有事要做？」

是不是要為自己殺死的敵人祈禱呢？

「要撿拾柴薪，因為散得滿地都是。」

最後，我利用風魔術把柴薪全都聚集起來。

★ ★ ★

在那之後，直到太陽西下為止，我們邊移動邊戰鬥了四次。

石魔木、大王陸龜、毒酸狼(Acid Wolf)、帕克斯郊狼(Pax Coyote)。

大王陸龜被瑞傑路德一擊解決。

是從正面打穿腦袋的一擊，真是熟練又俐落。這就是創業五百年，一直單身狩獵魔物的男子本領嗎？只是讓石魔木炸掉就得意忘形的自己實在可恥。

毒酸狼是一種會從嘴裡吐出酸液的狼。

由於只有一隻，所以由艾莉絲出面。她以俐落腳步往前踏再揮劍一砍，那隻狼的腦袋就飛向空中。雖然和瑞傑路德相比顯得動作雜亂，但同樣是一擊打倒。

艾莉絲被魔物噴出來的血濺了一身，苦著一張臉。

原本擔心既然這魔物會吐酸液，血液會不會也有危險，但似乎沒問題。

第一次實戰有這種表現已經足夠了，這是瑞傑路德的評論。

順道一提，第二隻石魔木也被我直接打死。

本來想以不會殺死對方的威力確實給予傷害，削弱敵人後再讓艾莉絲累積實戰經驗，但實在很難調節。

在我能確實調整威力之前，不要對人使用似乎比較妥當。

畢竟就算是不得不殺死對方的狀況，我也不想看到獵奇場面。

而現在，我們正在和帕克斯郊狼的集團戰鬥。

帕克斯郊狼會形成數十隻的集團。

並不是聚集而成，而是會分裂。話雖如此，也不是在戰鬥中會一直增加，而是每幾個月分裂一次，集團首領可以完全控制增加的個體。

就這樣，數量越來越多。

即使打倒本體，也會由其他個體繼承首領的位置，繼續戰鬥。

數量就是力量。光是能完全掌控集團，就已經算是足夠過頭的強大。

眼前的帕克斯郊狼共有二十隻，就算這是能讓普通冒險者喪命的數字，艾莉絲還是一邊接受瑞傑路德在各方面的指導，同時高高興興地揮著劍。

明明她也是今天才第一次上場實戰，卻沒有因此畏縮。艾莉絲露出彷彿在表示：「我已經做過那麼多次練習所以沒問題！」的充滿自信表情，接二連三地砍倒帕克斯郊狼。對於殺死生物的行為似乎也不會產生猶豫。

我只是旁觀而已。

雖然有打算萬一有啥意外也要出手幫忙，但瑞傑路德的支援巧妙得跟神沒兩樣。

要是我做出什麼動作，說不定反而會添亂。

話說回來實在很閒，被排擠的感覺好嚴重。

必須快點想出優秀的合作方式才行。

不過，艾莉絲果然很強。

結果，她在快到我生日之前達到了劍神流的上級。最近如果不使用魔術，我根本不覺得自己能打贏她。

講到上級，已經和保羅同等……話雖如此，保羅連水神流和北神流都是上級，所以再怎麼說還是保羅比較厲害吧。而且還有實戰經驗的差距。

但基列奴說過艾莉絲的才能在保羅之上，總有一天應該會超越保羅。

真是沒面子啊，保羅！

「魯迪烏斯！來這邊！」

瑞傑路德在叫我。不知不覺之間，帕克斯郊狼已經全滅。

「帕克斯郊狼的毛皮可以變賣，來剝皮。居然能遇上這麼多隻，運氣不錯。」

他邊拿出小刀邊說。

對瑞傑路德來說，數量多只有一個意義，就是大量的獵物。

「請等一下。」

我先對瑞傑路德這樣說道，並靠近艾莉絲。

「呼……呼……」

艾莉絲身上約有三處受傷，呼吸也很喘。雖然換算成時間還不到三十分鐘，不過瑞傑路德基本上都只負責支援，因此敵人幾乎都是由艾莉絲打倒。

當然會累。

「神聖之力是香醇之糧，賜予失去氣力之人再次站起來的力量吧——『Healing』。」

總之，我先幫她把傷口治好。

「謝謝。」

「還好嗎？」

「哼哼，小事啦……唔。」

由於露出得意笑容的臉上沾著敵人的血，因此我用袖子幫她擦掉。

明明這真的是初次戰鬥之後，艾莉絲卻很平靜。我光是血腥味就快呼吸困難了。

「是小事嗎？今天是第一次實戰吧？」

「沒差，因為基列奴全都教過我了啊。」

這就是所謂的「把練習視為實戰，把實戰當作練習」理論嗎？

因為艾莉絲很率直，所以實戰中也能成功發揮出百分之一百的練習成果。

也因為和練習時一樣，那麼即使對手流血也沒有關係嗎？

「真是……」

我邊苦笑，邊走回瑞傑路德身邊。他一直看著我們的互動。

「你讓艾莉絲也參加戰鬥是有什麼打算？」

「我也不可能一直保護她，所以若有萬一，她必須自己能保護自己。」

「這樣啊。」

「話說回來，瑞傑路德先生。艾莉絲的表現如何？」

提出這疑問後，瑞傑路德重重點頭。

「只要好好精進，能成為一流的戰士。」

「真的嗎？太棒了！」

艾莉絲跳了起來，似乎很高興。能獲得過去的英雄稱讚，當然讓人開心。

另外，這對我來說也不是壞事。既然瑞傑路德承認艾莉絲的才能，那麼今後也能夠建立起密切合作。

「瑞傑路德先生，我想以後就採用以艾莉絲為前衛，我擔任後衛的陣形。」

「我要做什麼？」

「游擊。自由戰鬥，也請同時掩護我們的死角。還有，萬一碰上什麼危險情況，請你做出指示。」

「好。」

就這樣，陣形也決定了。在這幾天內，我和艾莉絲要確實累積戰鬥經驗。

★
★
★

之後，再度露宿。

晚飯是大王陸龜的肉。由於一次吃不完，所以一半的肉以上是按照瑞傑路德的指示來製成肉乾。

大王陸龜的肉……老實說，不太好吃。腥味相當重，肉質又硬。一般來說似乎會花費長時間來慢慢燉煮，但瑞傑路德卻只是簡單地用火烤。

用升起的火堆來烤。

講到火堆，石魔木只要一死亡就會變乾，所以好像不需特別乾燥就可以直接當成柴薪使用。這下我總算理解為什麼瑞傑路德只把那魔物當成柴薪看待。

「……」

話說回來，這肉真的難吃。到底是誰啊！說大王陸龜好吃的傢伙！

瑞傑路德，就是你！這種肉沒先用生薑之類去除腥味，根本無法入口。

唉……真想吃牛肉，想吃白米飯和牛肉。

生前看過的漫畫裡，曾經出現過這樣的台詞：

「烤肉很偉大，因為好吃所以偉大」。（註：出自柴田ヨクサル的漫畫作品《AIR MASTER》）

這句話真是如實表現出不好吃的烤肉根本不偉大的事實。

仔細想想，阿斯拉王國的食物相當不錯。雖然以麵包為主食，但有魚有肉有蔬菜有甜點，足以媲美三星級餐廳。既然連鄉下出身的我都覺得這肉很難吃，那麼身為大小姐的艾莉絲想必吃得很痛苦吧？我原本這樣想，結果她卻帶著平靜表情大吃大嚼。

「沒想到還可以耶。」

怎麼會～不，這是因為那個嗎？跟從小到大只吃過高級食物的小孩子哪天吃到垃圾食物反而會覺得好吃的狀況一樣嗎？

「什麼啦？」

「不，沒事。好吃嗎？」

「嗯！像這種啊……嚼嚼……我一直很嚮往。」

好像是聽基列奴提過，所以很嚮往用篝火烤肉來吃的情境。

居然嚮往這麼奇怪的事情。

「生肉也不是不能吃。」

「不可以！」

聽到瑞傑路德的發言，艾莉絲的雙眼一亮。

我拚命阻止想試著把生肉放進嘴裡的艾莉絲。

要是有寄生蟲之類那該怎麼辦！真是……

★★★

睡覺前，瑞傑路德指導艾莉絲保養武器的方法，我也姑且跟著聽聽。

不過基本上，瑞傑路德使用的槍不是金屬製，艾莉絲使用的劍也是特殊金屬在特殊鍛造法下製造出來的武器，所以似乎不會生鏽。

話雖如此，似乎還是必須保養。

要是放著武器上的血汙不管，不但會吸引其他魔物靠近，也會減低銳利度。而且身為戰士，管理自身武器是理所當然的行為。這是瑞傑路德的理論。

「話說起來，你的槍是用什麼做的呢？」

我突然想到所以提問。

斯佩路德族的三叉槍是一把純白的短槍，沒有裝飾，槍柄和槍刃一體成形。

「是我自己。」

「……啥？」

「這槍是以斯佩路德族的靈魂構成。」

真是富有哲學性的回答。

是嗎是嗎，原來如此，說得對，生命換句話說就是靈魂，槍是靈魂，也是生命。而生命是

heart，heart就是愛，意思是瑞傑路德把愛灌注在槍上嗎？

「斯佩路德族一出生就會帶著一把槍。」

我正感到混亂，瑞傑路德繼續說道。

據說斯佩路德族出生時，會長著一根有三叉的尾巴。隨著成長，這根尾巴也會變長，到了一定年齡後就會突然硬化，和身體分離。不過即使分開，槍似乎還是身體的一部分，越使用就會越銳利。

絕對不會折斷，也不會被任何東西打碎，可以貫穿世上萬物的最強之槍……根據持有者本人的鍛鍊程度，據說也有可能成長為那樣的利器。

「所以，到死為止都不能放開自己的槍。」

眼前這男子的表情，顯示出他為了四百年前的失敗深感後悔。瑞傑路德的槍大概比其他任何一個斯佩路德族都還要堅硬銳利吧，真可靠。

但是，這種想法不好喔。

頑固也就是無法接受他人，而無法接受他人，就等於也不會被他人接受。

所以這種想法很危險。

我帶著這種感覺繼續旅行，三天很快過去，我們到達城鎮。

第六話「入侵和喬裝」

利卡里斯鎮。

魔大陸三大都市之一。

據說在人魔大戰時期，這裡是被魔界大帝奇希莉卡・奇希里斯作為根據地的城鎮。

別名：舊奇希里斯城。

看到這城鎮後首先會感到驚訝的事情，是它的所在地點。居然是蓋在一個巨大環形山的凹坑裡。環形山的山壁成為天然的城牆，好幾次擋住敵軍入侵。現在也發揮出防止魔物入侵的功用，是自然的結界。

城鎮中心是有一半崩塌的奇希里斯城。這城堡在拉普拉斯戰役中遭到破壞，是當時奇希莉卡派的魔王和魔神拉普拉斯交手後留下的痕跡。

擁有可靠城牆和過去榮華痕跡的黑鐵之城。（註：出自動畫《無敵鐵金剛》主題曲）

這兩點讓人們能夠體認到魔界大帝當時的威勢與魔族嚴酷的歷史。

利卡里斯是個歷史悠久的城鎮。

旅人們將會在夕陽西下時，明白這城鎮的真正之美。

——引用自冒險家：布萊迪康德的著作《行遍世界》。

這就是我所知的「利卡里斯鎮」。

城鎮有三個入口，環形山的裂縫被直接當成入口使用。

環形山的山壁很高，除非能夠飛行，否則很難從入口以外的地方入侵。

另外，入口有兩名衛兵。換句話說，這城鎮的警備相當森嚴。

我看了看瑞傑路德。

「怎麼了……？」

「瑞傑路德先生，這城鎮……我們進得去吧？」

「我沒進去過，每次都會被趕跑。」

我回想起在米格路德族之村的對話。即使是人族，也相當厭惡斯佩路德族。而且已經是遺傳基因等級了，只要參考艾莉絲剛見到瑞傑路德時的那個態度就能明白。

我本來以為在魔大陸上或許還有機會不同，但看來沒這回事。

「順便問一下，被趕走時大概是什麼情況？」

「首先，只要我一靠近城鎮，守門警衛就會大叫，不久之後會出現大量的冒險者。」

我的腦裡浮現出衛兵大吼「不准動！」，然後強壯的男性們從城鎮中接二連三湧出並發動攻擊的光景。

「那麼，最好喬裝一下呢。」

我這樣一說，瑞傑路德就板起臉瞪向我。

「你說喬裝？」

他不願意嗎？

「請冷靜點，先決問題是必須想辦法進入城鎮。」

「不，我是想問喬裝是什麼？」

「咦？」

瑞傑路德似乎不懂什麼是喬裝，是因為文化不同嗎？

不，基本上他要是懂得喬裝，應該起碼可以混入城鎮裡吧。

「所謂喬裝，就是改變外型，偽裝身分的行為。」

「哦……要怎麼做？」

「這個嘛……總之，先把臉藏起來吧。」

於是我先原地坐下，把手放到地面上並灌注魔力。

★ ★ ★

「站住！」

城鎮入口站著兩名衛兵。

一個是長著蛇頭，看起來很嚴肅的傢伙；還有一個是長著豬頭，似乎很自大的傢伙。

「你們是誰！來這裡做什麼！」

把手放到腰間劍上並開口大吼的人是蛇頭士兵。

至於那個豬頭則是以猥褻的眼神看著艾莉絲。

這個豬腦袋（蘿莉控）的混帳……感覺應該跟我很合得來。

「我們是旅行者。」

按照事先討論，由我負責對應。

「是冒險者嗎？」

「是……不，不是，我們只是普通的旅行者。」

我差點回答我們是冒險者，可是沒有證據能證明。

不過像我和艾莉絲這種年紀的小孩，即使自稱希望成為冒險者大概也很正常吧。

「那邊那個傢伙呢？外表看起來很可疑。」

瑞傑路德用我製作的岩石製全罩頭盔遮住臉。

還用布包住槍尖，讓槍看起來有點像魔杖。

雖然這模樣很可疑，不過應該比直接露出斯佩路德族的外貌好得多吧。

「他是我哥哥，戴上奇怪的冒險者拿來的頭盔後，就再也拿不下來。我想如果是這城鎮，應該有人能幫忙拿下來……」

「哈哈！真蠢！如果是這樣，那只好通融啦。只要去拜託道具店的婆婆，她就會想辦法幫你們解決。」

蛇頭邊笑邊往後退開一步。

他對我們不是很警戒。要是日本出現一個戴著全罩式安全帽的男子，一定會更受警戒。是因為有小孩跟著嗎？還是因為裝備頭盔的人不算少呢？

「話說回來，請問這城鎮裡哪個地方能賺錢呢？」

「能賺錢的地方？你問這種事情有什麼用？」

「因為我們在哥哥拿掉頭盔之前都必須住在這裡，而且如果必須付費才能拿下，就只能去賺錢。」

「這樣啊，那老太婆的確有可能會要錢……」蛇頭嘀咕道。

原來這裡的道具店那麼貪婪又頑固嗎……雖然無關啦。

「那麼，就去冒險者公會吧。那裡的話即使是外來的人，也可以不需花費成本就賺到每天的收入。」

「原來如此。」

「沿著這條路直走就可以到冒險者公會。那是棟大型建築物，應該很快就能找到。」

「謝謝你。」

「只要在冒險者公會登錄，住宿費也會稍微便宜一點。所以至少要先完成登錄手續。」

我大略道謝後，就通過入口。然後，突然停下腳步。

「話說回來，這城鎮一直警戒這麼森嚴嗎？」

「不，是因為最近似乎有人在這附近目擊『Dead End』，所以特別警戒。」

「真的嗎！那真是恐怖呢……」

「是啊，希望那傢伙早點去其他地方。」

「遇上必死(Dead End)」嗎？

真是可怕的名字，應該是很恐怖的魔物吧。

★★★

眼前出現和羅亞相比，建築物略顯低矮的街景。

不過，城鎮構造倒是哪裡都差不多的樣子。

在入口附近，有商人用的旅社和馬廄等店家接連相鄰。

「好啦，冒險者嗎……」

綜合至今為止的人生中聽過的情報，所謂的冒險者就是派遣員工。擁有技能的人們前往名為「冒險者公會」的人才派遣公司進行登錄，接受工作仲介，同時提昇自身的評價。

人們只要透過冒險者公會提出工作委託，就會有對能力有自信的冒險者前來。

「雖然不確定能不能賺到錢，不過應該還是先登錄比較好吧？而且登錄後好像還能作為身分證明……艾莉絲妳覺得如何？」

「冒險者？我要當！我想成為冒險者！」

艾莉絲的雙眼發出興奮的光芒。話說起來，她曾經多次聽基列奴敘述冒險者時代的往事，說不定對冒險者也抱著嚮往。

「瑞傑路德先生該不會已經是冒險者了？」

「不，我不曾進入有冒險者公會的大型城鎮。」

這樣啊。原來如此，只有大型城鎮裡才有冒險者公會嗎？

「算了，這樣反而好辦……」

我的腦中順利地一步步建立起預定計畫。

畢竟不能一直讓他戴著這種沉重的頭盔。

要是遮著臉，無論過多久，也無法贏得斯佩路德族的好名聲。

雖說先做件什麼大事，然後再宣布：「其實這個人是斯佩路德族！」或許是一種不錯的演出，但是最低層級的冒險者能接的工作據說是城鎮中的雜務。所以與其去做什麼大事，在這種小事上面發揮出意外性說不定反而比較好。

要是順利，還能夠慢慢取得城鎮內居民的信賴。

瑞傑路德的為人並不壞。

比起「突然冒出來打倒強大魔物並守住城鎮所以大家該接納他」的要求，「斯佩路德族救了迷路小孩」這種顯然和既定印象有落差的狀況應該比較容易贏得眾人好感。畢竟這點在米格路德族之村已經獲得證明。所以重點不能放在擊退魔物上，而是該以助人行動為主才對，要在沒有先入為主觀念的情況下接觸他人。

以瑞傑路德的為人，這樣做應該就夠了。

不過如果要助人，這個頭盔不妥。看不到表情會扣分。

如果是我，才不會相信遮著臉的傢伙。

要換成只蓋住頭髮和額頭的頭盔嗎……不，這樣也很可疑。雖然不清楚這世界有沒有見到人必須脫帽之類的文化，但我本身會覺得不脫帽很沒禮貌。

還有，就算一步步完成了一些小事，也只是在浪費時間。

必須讓整個城鎮認識「瑞傑路德」這存在，並且認為他是個好人。

「唔……該怎麼做呢？」

首先需要知名度。就算做了許多好事，被當成無名青年的行動根本沒有意義。

果然為了讓別人能夠記住他的名字，或許一開始還是要大張旗鼓地打退個魔物才行。

在這個世界裡，有強者比較容易被眾人接納的傾向。擊退具備高知名度的魔物後，也有機會讓地位多少往上提昇一點。問題是斯佩路德族很強這點本來就眾人皆知，所以很有可能造成反效果。

等一下，可是……如果是擊退逼近城鎮的危機，那又會如何呢？在所有人都陷入絕境的狀況下，先響起制裁場面用的樂曲，然後魔界美青年瑞傑路德瀟灑登場，以一擊打倒對手！如果是這樣的場景……

喔喔……感覺不錯耶。

問題是，要選什麼作為對手。不過先前才剛聽說了正好可以利用的對手名字。

「瑞傑路德先生，你知道『Dead End』是指什麼嗎？」

把叫作「Dead End」的魔物誘導到城鎮附近。

居民會陷入恐慌，然後由瑞傑路德出面打倒對方。這是勸善懲惡的故事，完美。

可是，聽到的答案卻出乎我的意料。

「是我。」

「……什麼意思？」

這啥回答？又是哲學嗎！我原本這樣認為……

「有一部分人那樣稱呼我。」

結果似乎是指瑞傑路德──「Dead End」。

原來如此，我總算懂了。

要是斯佩路德族在城鎮附近出沒，當然會特別警戒。

話說回來，他居然被取了這麼可怕的外號，到底是多受到畏懼……

還有，那兩個守門的衛兵也該認真一點。

我想他們一定沒把斯佩路德族當人看，而是認為斯佩路德族是只會到處鬧事的魔族，不具備懂得喬裝打扮的智能。

「這下該怎麼辦呢……」

不過，這外號的知名度似乎很高，或許可以利用。

「你不是懸賞對象吧？」

「嗯，那方面沒問題。」

真的嗎？真的吧？我相信你喔？不可以說謊喔？

總之，計畫稍微變更。

★　★　★

首先，在前往冒險者公會前，我去逛了各個攤位。

雖然不管哪個城鎮在入口附近的攤位看起來都很相似，但販賣的商品卻有很大不同。

例如利卡里斯的馬廄和羅亞不同，販賣著類似蜥蜴的生物。在地形布滿高低差和岩石的魔大陸上，這種生物應該比馬更有用吧。另外，雖然沒有公共馬車，但商人們會各自派出馬車。

由於接下來要進行漫長旅途，需要很多東西。

必須一點點買齊才行，但我已經決定好這次要買什麼。

我一邊大略調查物價，同時盡可能尋找比較便宜的攤位。就算不急，也不想花費太多時間。

要買的東西是染料和兜帽，還有如果找得到，也想買類似檸檬的水果。

「大叔，這個染料是不是太貴了點？你在抬價嗎？」

「胡扯什麼！那是合理的價錢！」

「真的嗎～」

「那還用說！」

「可是那邊賣同樣的東西只要半價耶。」

「什麼！」

「品質方面可能也有差啦……啊，這兜帽不錯。這個和那邊像檸檬的東西一起買了，可不可以算便宜點？」

「小子，你真會討價還價。好，拿去拿去。」

「啊，對了，你順便收購這些吧。有帕克斯郊狼的毛皮和毒酸狼的牙齒。」

「數量還不少。你等一下……一、二、三……屑鐵錢三枚如何？」

「那也太少，至少要六枚。」

「真沒辦法，那出四枚吧。」

「好，就這價錢吧。」

經過交涉後，我一口氣完成購物和變賣。由於不清楚行情，所以也不知道這樣是多大的金額。老實說，雖然有試著講價，但還是有被唬了的感覺。

剩下的錢是鐵錢一枚、屑鐵錢四枚、石錢十枚。

這是洛琪希雙親給的錢，必須謹慎使用。

我們前往沒有人的小路，希望不要被奇怪的傢伙挑釁……不，要是有人來亂，瑞傑路德也會解決。反而是讓錢增加的機會。

「瑞傑路德先生，要是有人來糾纏，你就把對方打個半死。」

「打個半死？意思是要讓對方半死不活嗎？」

「不，只要正常教訓對方就夠了。」

很遺憾並沒有人來找碴。

不過呢，講到那種會來勒索的傢伙，身上大概也沒有錢啦。

「瑞傑路德先生，先來染髮吧。」

「染髮……？」

「對，用這個染料。」

「原來如此，是要改變髮色嗎？真是有趣的點子。」

他似乎很佩服，看樣子這世界沒有染髮的習慣。

不，或許只是瑞傑路德不知道而已？

畢竟他應該很少進入有人居住的城鎮。

「不過既然要染色，選擇相差更多的顏色不是比較好嗎？」

我選的顏色是藍色，也就是盡可能類似米格路德族的顏色。

「不，我想應該有很多人知道從這裡徒步三天的位置有米格路德族的聚落。所以，瑞傑路德先生你從今天起就是米格路德族。」

「……那你們呢？」

「我們是在附近被瑞傑路德先生撿到的手下一和手下二。」

「手下？不是對等的戰士嗎？」

「這只是一種設定。你可以不必記住，但我會故意演戲，讓別人看起來會覺得是那樣。」

接下來要演一場戲，所以我對著瑞傑路德解釋「設定」。

從今天起，瑞傑路德將成為假冒斯佩路德族「Dead End」的米格路德族青年，洛伊斯。米格路德族的青年洛伊斯一直希望自己成為被眾人畏懼的存在。有一天，他撿到兩個會使用魔術和劍術的小孩，他們很崇拜救了自己的洛伊斯。

「你崇拜我嗎？」

「並沒有。」

「是嗎？」

這兩個小孩實力不錯，注意到這點的洛伊斯想到一個點子。

自己在米格路德族中也算是高大，只要假冒「Dead End」瑞傑路德的名號，說不定能夠更簡單地讓大家害怕。

這兩人雖然是小孩，但可以派上用場。就利用他們，一口氣成為有名人吧。

「居然要假冒成我，真是不可原諒。」

「是吧，的確不可原諒。但是，如果假的瑞傑路德做了好事，人們會怎麼想呢？」

「……會怎麼想？」

「雖然這傢伙顯然是個假貨，但其實人還不錯……應該會這樣想吧？」

重點是要表現出滑稽感和不協調感。

「這是個會假冒他人名號的傢伙，但本質不是壞人」

如何給人這種印象是最大的關鍵。

「唔……」

「假的瑞傑路德是個好人，只要這印象開始流傳出去，就等於我們的計畫成功。謠言遲早會變得不明確，轉變成『瑞傑路德是個好人』。」

「……雖然聽起來很厲害，但真的會演變成那樣嗎？」

「真的會。」

我如此斷言，至少不會讓瑞傑路德的評價變得更差。

因為現在的評價已經到了谷底。

「這樣啊，只要做這麼簡單的事情就可以了嗎……」

「一點都不簡單喔，我也不確定是否能成功。」

所謂計畫，一定會在哪裡出差錯。規劃得越是嚴密，到後半就越會偏離原本預定。然而只要順利進行，或許可以靠著累積謠言來讓瑞傑路德的本性正確傳達出去。

「不過，要是謊言被拆穿，那該怎麼辦？」

「哎呀，瑞傑路德先生根本沒有說謊啊。」

「……什麼意思？」

打扮成米格路德族的模樣，自稱是斯佩路德族。按照預定，做一些能引起人們好感的好事。連名字也不是假名。至於洛伊斯，是快要被看出他真的是斯佩路德族時可以拿來運用的伏筆，本人則是要一直自稱是瑞傑路德。

只是周圍擅自誤解，認定是米格路德族的洛伊斯假冒成斯佩路德族的瑞傑路德。

所以他並沒有說謊，說謊的人只有我。

瑞傑路德似乎不願意說謊，所以這部分還是瞞著他吧。

「只不過是周圍會誤以為你是米格路德族而已。」

「唔……噢，是嗎？我要冒稱是自己，但是要裝成是洛伊斯……腦袋快打結了，我到底該怎麼做才好？」

「只要照平常那樣就可以了。」

瑞傑路德表情嚴肅，這人沒辦法成為演技派的演員呢。

「不過，請不要因為一些沒什麼的挑釁就翻臉並殺死對方。」

「唔……意思是要我不能和別人衝突嗎？」

「是可以，不過請裝出苦戰的樣子。例如要被對手打中幾次，呼吸很喘，最後總算打贏的感覺。」

我自己講完，才想到這種演技他真的辦得到嗎？

「要我手下留情嗎？這有什麼意義？」

結果這部分似乎不成問題。

「能夠讓人覺得真正的瑞傑路德不可能這麼弱，同時也會覺得：『要是這是真貨，自己還挺厲害嘛』。」

「真是無法理解……」

「也就是能讓對方認為你是假貨，還可以讓對方心情變好。」

「讓對方心情變好有什麼意義？」

「就會幫忙散播斯佩路德族其實不怎麼樣的傳言。」

於是，瑞傑路德露出不高興的表情。

「斯佩路德族一點都不弱。」

「我知道。但是，斯佩路德族正是因為很強才那麼受人畏懼。要是知道斯佩路德族沒有那麼強，或許現在這種狀況也會緩和。」

話雖如此，萬一被認定斯佩路德族很弱也會形成問題。

（或許有）斯佩路德族在哪片陌生土地上殘活下來。

因為有可能導致他們又受到迫害，所以均衡很重要。

「是這樣嗎……」

好啦，大概這樣吧。

就算說太多，也只是會露出破綻而已。

「我會全力在旁支援，但是事態會怎麼發展，全看瑞傑路德先生你能努力到什麼程度。」

「嗯，我明白。麻煩了。」

我拿出在攤位買來的類檸檬水果，擠出果汁讓瑞傑路德的頭髮褪色。

原本翠綠色就是色素比較淡的顏色，所以成功漂掉顏色。接著用染料整個上色。

唔～這顏色不太好看，反而有點髒。

但，至少不像綠色。從遠處看起來或許會像是米格路德族……不，大概還是不像，因為身高相差太多。

不過，看起來應該並不像斯佩路德族。

算了，喬裝就是要不上不下反而好。

雖然像是米格路德族，但自稱是斯佩路德族。不過看起來兩邊都不像耶，怪了？這種感覺最好。

「還有，這東西也先交給你。」

我拿下項鍊，掛到瑞傑路德的脖子上。

「這是米格路德族的護身符嗎？」

「對，是我的師傅慶祝我畢業送的賀禮。之後，我隨時隨地都貼身戴著。」

只要戴著這個，至少會被認為是和米格路德族有關係的人。

不過前提是對方必須認得這玩意兒啦。

「是很重要的東西呢，我一定會還你。」

「絕對要還喔。」

「嗯。」

「要是弄丟了，我真的會殺人。」

「我知道。」

「講得具體點，就是會用土魔術來封住這個城鎮的出入口，然後灌入岩漿，直到整個凹坑都被填滿為止。」

「你打算波及其他人嗎？城鎮裡也有小孩耶。」

「如果想讓小孩活命，就請絕對不要弄丟這東西。」

「唔……既然那麼擔心，從一開始就由你自己戴著不是比較好嗎？」

「不，我當然只是在開玩笑而已。」

「……」

好啦，兜帽就拿給艾莉絲戴上吧，因為她的紅髮應該很顯眼。

必須讓視線集中在同一點上面才行。

「艾莉絲，關於這兜帽……」

我攤開之前買的兜帽，才發現上面付著「耳朵用的部分」。

該怎麼說，就像是Fin○l Fantasy Ⅲ裡面的導師的頭部裝備。

是獸族用的兜帽嗎？說不定我買錯東西了……

雖然艾莉絲對服裝沒什麼堅持，但只要看過那個伯雷亞斯式問候就知道。

她不太願意做出類似獸族的打扮和動作。

「那個……艾莉絲……關於……這東西……」

「那……那東西！要……要怎樣？」

「我……我想給艾莉絲妳用……如何呢……」

「真的嗎！」

我原本很擔心，可是她卻非常高興。原來她對那動作本身並不討厭嗎？

「我會好好珍惜！」

艾莉絲立刻戴上兜帽，笑容滿面地說道。

嗯，這就是所謂的那個吧……雖然搞不清楚是怎麼回事，但總之順利解決！

好了，首先要前往冒險者公會。需要的是滑稽感，千萬別忘了這一點。

希望能夠順利。

第七話「冒險者公會」

冒險者公會。

這裡是聚集了許多強者的地方。

對身體能力有自信的人，對魔術水準有自信的人。

有些人用劍，有些人持斧，有些人拿魔杖，也有人靠一雙拳頭。

有誇口自己比其他人都強的人，也有在內心嘲笑這種傢伙的人。

看得到身穿鎧甲的劍士，也有裝備輕便的魔術師。

外型像豬的男子，下半身是蛇的女子；長著翅膀的男性，擁有馬腳的女性。

各式各樣的種族聚集在此，吵鬧又擁擠。

這就是魔大陸的冒險者公會。

門。

「砰！」地一聲。

利卡里斯鎮冒險者公會的巨大雙開式大門突然被用力推開。

不知道發生什麼事的眾人把視線集中到門口，因為很少人會這麼粗暴地打開冒險者公會的門。

是哪支隊伍回來嗎？還是有魔物來襲，門口衛兵前來請求支援？又或者只是風的惡作劇？話說回來，聽說「Dead End」這陣子在附近出沒，難道……？

在滿心疑問的眾人眼前，出現三個人。

站在最前面的是一名少年，年齡看起來還很小，不過臉上表情充滿自信。杖上纏著布，身上服裝雖然已經髒了卻似乎頗高級。即使來到滿是凶狠大人的這個地方，也完全沒有被氣氛壓倒，而是大搖大擺地晃了進來。

有幾個人心裡好奇少年到底是誰？因為他們覺得這情況未免太不協調了。

或者，他屬於那類外表和實際年齡不成正比的種族？

身後像是躲在少年身後裡的人物，大概是名少女。臉孔因為兜帽壓得很低而無法看清，然而和年齡相反，她的舉止和眼光都很敏銳。插在腰上的劍一眼就能看出有經過長期使用，在場有幾個人認定少女是個具備實力的劍士。

最後一個人是身材高大魁梧的男子。額頭上有紅色寶石，一道傷痕縱貫整張臉，這特徵和

「Dead End」非常相似，有人甚至差點驚叫出聲。然而男子的頭髮是藍色，所以眾人立刻明白是認錯了，他只是很相像的另一個人。

這狀況顯得很異常，真的很異常。

看起來很不普通的三人組散發出詭異氣氛，導致現場沒有任何人能推測出他們來此到底是有何貴幹。

這時少年突然開口大叫大嚷。

「喂喂喂！怎麼這麼死氣沉沉！你們知道這一位是何方神聖嗎！」

啥？這人是哪根蔥？誰知道啊！……每個人心裡都這樣想。

「這位就是那個斯佩路德族的惡魔！『Dead End』瑞傑路德大人！你們也別悶著聲不說話，看是要怕還是要逃就快點！」

不不，哪可能是那樣！……所有人在內心吐嘈。

因為斯佩路德族的髮色是鮮亮的綠色，才不是那種又暗又髒的藍色。

「大哥，這種鄉下地方似乎不清楚『Dead End』的長相！真是的，稍微晃過來看看才知道雖然傳言有傳開，卻沒有任何人認出您的身分！」

看樣子，這少年似乎想要堅稱那青年就是「Dead End」本人。明白這一點後，少年那高亢的聲調就讓眾人覺得充滿滑稽感，原本的詭異氣氛也三兩下就煙消雲散。

被少年稱為大哥的青年……原來如此，的確額頭上的紅色眼睛和臉上的傷口都頗像一回事。

然而，最關鍵的部分卻很蠢地弄錯了。

「噗。」

不知道哪個人忍不住笑了。

「你這傢伙是怎樣！笑個屁！」

少年耳朵很靈地聽到這笑聲，把充滿怒氣的臉孔轉往傳出笑聲的方向。這動作實在很蠢，讓公會內的悶笑聲越來越多。

某個人開口說道：

「噗呼……呼哈哈……因……因為啊，斯佩路德族的髮色……是綠色喔。」

下一瞬間，冒險者公會的大廳爆出了哄堂大笑聲。

★　★　★

我聽著眾人的笑聲，感覺自己有成功吸引住他們的注意力。

冒險者公會……雖然有想像過，但實際環境卻更加粗野。

是因為在魔大陸上，才會有各式各樣的種族嗎？這裡有長著馬臉的男性，身上有螳螂鐮刀的男性；背後有類似蝴蝶翅膀的女性，以及下半身跟蛇差不多的女性。

即使跟人類很相像，還是會有某些地方不同。

此外，就算身上沒有類似動物的部位，也不代表外型就會跟人類一模一樣。例如有人肩膀上長著像刺的東西，有人全身的皮膚都是藍色。還看到長著四隻手臂的傢伙，甚至是生著兩顆腦袋的人。確實和人類很像，但就是有哪裡稍微不一樣。

仔細想想，米格路德族和斯佩路德族應該是和人族非常相似的種族。

「你……你們竟敢瞧不起大哥！要知道，我們在荒野裡遭到魔物襲擊時，就是大哥救了我們！」

我沒有因此畏縮，而是一邊配合狀況演戲一邊往大廳裡面走。

「你們聽到了嗎！他……他說 Dead End 救了人！」

「噗哈哈哈哈！真……真是個大好人！」

「真的嗎！我也希望能被他救！哇哈哈哈哈！」

如果是平常，一聽到這類嘲笑，我應該就會腿軟。然而不知道是因為忙著演戲，還是因為正在笑的這些傢伙並不具備現實感，所以現在並沒有出現腿軟反應。

難道是因為我已經有所成長？

不不，我不能得意忘形。而且基本上，這些嘲笑並不是針對我，而是針對瑞傑路德，所以我當然不會腿軟。等到哪天真的能應付針對自己的敵意之後，再來自鳴得意吧。

總之我先觀察四周，確定沒有人認為瑞傑路德是真貨。

接著，講出事先準備好的台詞A。

「這些傢伙真是不可原諒！大哥！請你教訓他們！」

「哼，想笑的傢伙就隨他們去笑吧。」

順便一提，也準備了眾人沒笑時的台詞B。

「隨他們去笑吧……（裝酷），你們聽到了嗎！」

「已……已經自以為是大人物了！」

「不……不妙，我突然有想道歉的衝動！」

這些傢伙，要是哪天知道瑞傑路德真的是「Dead End」，應該會哭著求饒吧……

「哼！你們這些傢伙，記得好好感謝大哥的寬容！」

我一邊撂話，同時觀察周遭。

左邊有一個貼滿紙張的巨大告示板；右邊並排著四個櫃台，裡面的職員愣愣地望著這邊。

我帶著兩人往右邊走去……才發現這櫃台也太高！

只好向瑞傑路德打個眼色，讓他把我抱起來。

嗯，要往右走。

「喂！職員！我們想登錄為冒險者！」

我故意放大音量，讓周遭觀眾們也能聽到。後方立刻爆出大笑聲。

「D……D……Dead End 居然是菜鳥！」

「噗咳……我笑到肚子好痛！」

「太棒了！我……我……居然成了 Dead End 的前輩！」

「這……這真的可以拿來炫耀！」

好，這樣應該夠了。

「你們吵死了！害我聽不到職員的聲音！」

我大叫之後，冒險者們總算閉上嘴安靜下來，但臉上依然掛著笑到扭曲的表情。

「好……好好好，我們知道了。」

「畢……畢竟一開始的說明很重要嘛……噗呼呼。」

「呼哈哈。」

雖然還能聽到悶笑聲，不過這下大概沒問題了。

★★★

艱苦守志約四十四年，我終於來到滿心嚮往的就業服務處。

手持「水聖級魔術師」資格，帶著在旅途中成為伙伴的『以百年為單位的無職尼特』……

旁邊還有一個我必須養活她的任性女孩。

如果不好好工作，就沒辦法活下去——這些事情先放一邊去。

「那麼職員小姐，很抱歉引起這麼大的騷動。請多幫忙。」

眼前是一名長著尖牙的橘髮女性職員。

服裝的領口很寬，當然可以看到乳溝。而且啊，因為她有三個乳房，所以有兩條乳溝。是那種只要增加一個，就會變成兩倍的東西喔～

「咦？啊……是，幾位要登錄成為冒險者……對吧？」

看到我態度突然改變，她似乎感到很困惑。嗯，畢竟一直演戲遲早會露出馬腳嘛，只要說明我是為了不想被人瞧不起才故意裝出那樣子就能解釋得通。

「是的。因為不管怎麼說，我們都還是新人。」

「那麼，請填寫這邊的表格。」

她把三張紙和已經削尖的細長炭筆遞給我。三張紙是一樣的內容，有可以填寫名字和職業的欄位，還寫著注意事項與規約。當我正在思考要是申請者不識字那該怎麼辦時……

「如果你看不懂，我可以幫忙唸出內容喔。」

原來是這樣。

「不，不必了。」

我對著艾莉絲解釋內容。

一、如何利用冒險者公會

在冒險者公會登記後，即可使用冒險者公會的服務。

二、服務內容

在全世界的冒險者公會，都提供工作仲介、報酬轉交、素材收購、貨幣兌換等服務。

但根據世界情勢的變化，有可能在不事先告知的情況下變更服務內容。

三、登錄情報

登錄的情報將會記入冒險者卡片中，由冒險者本人自行保管。

萬一卡片遺失可以申請補發，但層級（Rank）將會從F開始。

此外，也會按照地區徵收不同金額的罰金。

四、退出冒險者公會

只要向公會提出申請，即可退出。

雖然能夠再度登錄，但層級將會從F開始。

五、禁止行為

禁止冒險者做出以下行為。

（1）違反各國法律的行為。

（2）明顯貶低公會品格的行為。

（3）妨礙其他冒險者執行委託的行為。

（4）私下買賣委託的行為。

查明冒險者的確有觸犯禁止行為時，將剝奪冒險者資格並處以罰金。

六、違約金相關

接下委託後如果未能達成，冒險者必須支付報酬的兩成作為違約金。

期限是半年，一旦無法支付，將會剝奪冒險者資格。

七、層級

根據冒險者的實力，會被區分為從S到F的七個層級。

原則上，只能承接自身層級與上下各一級內的委託。

八、升級與降級

完成的委託次數符合各層級規定的標準後，就可以升級。

但是如果感到自身實力尚未到達水準，也可以維持現有層級。
此外，執行委託連續失敗一定次數後，會被強制降低一個層級。

九、義務
遇上魔物來襲等狀況並由國家提出協助要求時，冒險者有義務遵守。
此外，發生緊急事態時，冒險者有義務聽從公會職員的命令。

艾莉絲聽到一半就露出厭煩的表情，她很怕這種拘謹嚴肅的文章。
我也不太愛看這種東西，可是像這類正式文件還是得確實讀過才行。
總之，看起來似乎並沒有什麼不妥，只是──
「職員小姐，我有一個問題。」
「什麼事呢？」
「填寫時用什麼語言都可以嗎？」
「用什麼語言啊，例如……？」
「例如人族語可以嗎？」
「啊，如果是人族語就沒問題。」

既然她這樣講，表示稀少部族使用的特殊文字之類就不行吧。

當然，日語一定也不行，所以我使用魔神語填寫。比起被當成人族，被誤認為外表年輕的魔族反而比較方便。

「艾莉絲，妳也要自己寫。」

我要求艾莉絲自己動手填寫。像這種契約書，還是要由本人親自填寫才好。

順道一提，公會內的對話全都使用魔神語。

艾莉絲雖然一臉不高興卻保持安靜，正是因為她聽不懂周圍的發言。要是她直接聽懂那些嘲笑，說不定已經拔劍攻擊那些人了。

「雖然我完全沒打算那樣做，但如果使用假名會怎麼樣？」

「也沒有什麼特別的處罰，因為只是登記名而已。」

「可是也會發生罪犯改了名字跑來登錄的狀況吧？」

「由於魔大陸對罪犯的定義和其他大陸並不相同，所以只要不給冒險者公會帶來麻煩就沒有問題。不過，請記得一旦冒險者資格遭到剝奪，起碼在這個大陸上就再也無法登錄。」

「這種對應方式真的不要緊嗎？」

「雖然不是沒有問題，但魔大陸上有許多人出生時並沒有名字。所以如果禁止使用假名，會導致非常多人無法登錄。」

原來如此，或許在不同大陸上，冒險者公會的管轄也不同。

之前擔心斯佩路德族有可能無法登錄所以先想了洛伊斯這個假名，不過看樣子似乎不成問題。

「在這裡完成登錄後，去到別的大陸還需要重新登錄嗎？」

「不需要。」

果然是這樣呢。

「寫好之後，請把手放到這上面。」

職員準備的東西是一個大小和色情遊戲外盒差不多的透明板子，正中央刻著魔法陣，下面還墊著金屬製卡片。

唔，這是什麼呢？

「像這樣嗎？」

我頭一個把手整個貼上去之後，職員輕輕敲打板子的角落。

「姓名：魯迪烏斯．格雷拉特。職業：魔術師。層級：F。」

職員平淡地唸出表格內容，然後再度用指尖敲打板子。於是，魔法陣發出微弱的紅色光芒，然後立刻消失。

「這是您的冒險者卡片，請收下。」

在一片沒有特別之處的鐵板上，以發出朦朧光芒的文字寫著以下內容：

姓名：魯迪烏斯·格雷拉特。
性別：男。
種族：人族。
年齡：十歲。
職業：魔術師。
層級：F。

文字是人族語。不過，原來那東西是這種魔道具啊。

是說，只要使用那個，要寫書應該是很簡單的事情吧？

既然在冒險者公會這種公共場所都能使用，那麼更普及應該也不會有問題……

不，或許這片板子也有什麼機關。姓名、職業、層級等部分似乎是由職員手動輸入，但性別、種族、年齡是不是從放在板子的手上讀取到的呢……

不妙。原本想要隱瞞人族身分，結果年齡和種族名稱都被顯示出來了。

算了，總會有辦法吧。

姓名：瑞傑路德·斯佩路迪亞。
性別：男。

種族：魔族。
年齡：五六六歲。
職業：戰士。
層級：F。

我原本在擔心這玩意會不會直接寫出斯佩路德族，但是瑞傑路德的卡片上只顯示了魔族。這分類實在很隨便，不過也讓我鬆了一口氣。

雖然有顯示出年齡，但職員並沒有特別注意到。莫非是這數字在魔族中並不是那麼稀奇？

還有，她對於瑞傑路德．斯佩路迪亞這名字似乎也不是很在意。

是因為覺得這是假名嗎？怎麼這樣，我明明剛剛才說過不會使用假名啊。

還是因為……或許她並不知道「Dead End」的本名是瑞傑路德．斯佩路迪亞。畢竟從先前起，即使多次聽到「Dead End」這外號，但是卻沒有人提到瑞傑路德的名字。

順便說一下，瑞傑路德的卡片是由魔神語寫成。

姓名：艾莉絲．伯雷亞斯．格雷拉特。
性別：女。
種族：人族。

年齡：十二歲。
職業：劍士。
層級：F。

艾莉絲的卡片也是人族語。

「為什麼我和他的文字不一樣？」

「噢，因為文字會隨著種族變化。」

原來如此，人族就顯示人族的語言嗎？

「那混血的人會是什麼語言呢？」

「雖然也有語言混雜出現的情況，但基本上會以血統較濃的種族語言來顯示。」

「可是人族中也有只會魔神語的人吧？」

「如果是那種情況，只要用手指按住卡片正中央，然後講出想要變更的語言即可。」

我試著按住卡片中央，然後說出「獸神語」。

於是，卡片上顯示的文字真的改變了。

原來如此，真有趣。

「魔神語」、「鬥神語」。

變換幾次之後，職員開口規勸：

「要是變換太多次，會讓卡片的魔力提早耗盡，請多注意。」

「魔力耗盡會怎麼樣嗎？」

「必須回到公會補充。」

果然卡片這邊也有什麼機關。

大概是裡面鑲嵌著小型的魔力結晶吧？

「要是魔力耗盡，會導致情報消失嗎？」

「不會。」

「那麼如果長期使用同一張卡片，電力消耗會因此變快嗎？」

「電力……？如果你是指魔力，那麼並不會。魔力通常可以維持一年左右，而且每次完成委託時都會順便補充，因此一般來說並不會耗盡。」

「補充魔力需要多少費用？」

「不需費用……」

那麼她剛剛為什麼要阻止我呢？我原本頗有疑問，但又想到或許會有那種因為卡片魔力耗盡就跑來冒險者公會大呼小叫的傢伙。畢竟不管哪個世界裡都有奧客。

「我明白了，會小心使用。」

話說回來，原來這玩意兒是充電式嗎……雖然不知道是哪個人的點子，不過真是個有趣的系統。只要利用這系統，應該可以辦到更多事情……是冒險者公會獨占了這個技術嗎？

算了，現在先不考慮這種事。

「呼呼呼～」

艾莉絲看著自己的卡片，滿臉笑意。

雖然我知道妳很開心，但可別搞丟喔。

「您要順便登錄隊伍嗎？」

「登錄隊伍？啊，我要登記。」

聽到職員的問題，讓我總算想起這件事。因為文件上沒有提到隊伍的事情，所以我不小心忘了。

其實我們打從一開始就預定要組隊。

「在登錄之前，需要先詢問關於隊伍的詳細情報嗎？」

我點點頭，於是職員開始說明。

・隊伍的人數上限是七人。
・只有和隊長同級或是高低各一級的冒險者能加入隊伍。
・能承接的委託會根據隊伍的層級決定。
・隊伍的層級是成員的平均值。
・所有成員都能獲得成功完成委託時的升級值。

・即使加入隊伍，也能夠以個人身分承接委託。
・加入隊伍時，必須獲得隊長和公會的核可。
・退出隊伍時，只需要公會的核可。
・隊長擁有強制成員退出的權限。
・當隊長死亡時，隊伍將自動解散。
・兩支以上的隊伍可以組成集團（Clan）。
・公會將提供優秀的集團各式優惠。

集團的部分可以先不管，反正暫時應該和我們無關。

「那麼，您要使用的隊伍名稱是什麼呢？」

「是『Dead End』。」

聽到這回答，職員的表情略為扭曲，不過不愧是專業人員，立刻恢復笑容。

「了解，那麼請把冒險者卡片暫時交給我。」

我們把剛剛才收好的卡片拿出來遞給她。職員拿著那些卡片走向後方，沒過多久就走了回來。

「來，請確認是否正確。」

我看了一下卡片，發現最後多了「隊伍：Dead End（F）」這行字。（F）應該是指隊伍層級吧？不過，看到「Dead End」被寫成文字還挺讓人難為情，明明從別人的嘴裡講出來時顯得那麼恐怖……

「登錄手續到此完成，辛苦各位了。」

「好的，妳也辛苦了。」

「要承接委託時，請先去那邊的告示板取下委託單，再前往櫃台。」

「好的。」

「至於收購請前往本棟建築物的後方，屆時請不要弄錯。」

「後方嗎？知道了，謝謝。」

呼～總算結束。

★　★　★

我們立刻往告示板的方向移動。

途中碰到一些臉上笑容顯然不懷好意的冒險者。

不管哪一個傢伙，看我們的眼神都像是在看動物園裡的猴子。但是，其中也有幾個人露出單純覺得不爽的表情。

那種傢伙必須特別注意。

基本上，雖然我和瑞傑路德說過可以和其他人起衝突，不過並不太期待他的演技。雖然有打算要讓麻煩事演變成對我方有利的狀況，但也無法保證實際上一定能這麼順利。

所以，還是希望今天能盡量避免和其他人有什麼糾紛。

「嗯？」

仔細一看，有一隻腳擋在我的前進方向上。

那隻腳的主人是一個看起來真的非常狂妄的傢伙。是隻有黑色斑點花紋的藍色青蛙，臉頰整個鼓起，露出在憋笑的表情，還把腳直直往前伸。

是想絆倒我嗎？

雖然有討厭的記憶又冒了上來，但我一邊甩開那些記憶，一邊跨過那隻腳閃避過去。

「哇哈哈哈哈！」

「噗呼呼呼呼！」

「噫嘻嘻嘻嘻！」

下一瞬間，笑聲響遍周遭。

我嚇了一跳縮起肩膀，於是笑聲變得更誇張。

冷靜點，這種事根本沒啥大不了。無論我做了什麼，他們都會笑。和生前一樣，這就是典型的霸凌行為。

跟在我後面的艾莉絲正想要跨過那隻腳，青蛙男卻把腳往上抬，勾住艾莉絲的腳尖。

「呀！」

艾莉絲差點摔下去，不過還是在千鈞一髮之際使勁踏響地面，成功避免跌倒。然而周圍果然還是對她的動作做出反應，再度爆出大笑聲。

面紅耳赤的艾莉絲握緊雙拳，咬牙切齒地瞪向那隻青蛙。

「哎呀～不好意思，我的腳有點又細又長嘛～」

她聽不懂青蛙男的道歉。不妙，會演變成衝突嗎？

要是艾莉絲毆打對方那可不太好……我正在這樣想，艾莉絲卻哼了一聲用力把臉轉開，然後走向我的身邊。

她的表情宛如厲鬼……但能忍下來真是太棒了！艾莉絲，妳真了不起！

要頒發最佳奮戰獎！追加一百分！

「……」

我內心正忙著稱讚艾莉絲，這時最後的瑞傑路德來到青蛙腳前方。

擋在他前方的那隻腳就跟青蛙腳一樣顯得又細又長，靠這種腳來混冒險者這一行真的沒問題嗎？還是那雙腳和真的青蛙一樣，其實具備了驚人的跳躍力？

不，比起這種事情，瑞傑路德的反應更重要。

「…………」

瑞傑路德把腳抬很高，試圖跨過擋路的青蛙腿。

但是青蛙男卻再度把腳往上提，和艾莉絲那時相同，打算絆倒瑞傑路德。

「嗚喔！」

下一瞬間，失去平衡的人是青蛙男。

瑞傑路德在自己的腳被勾住之後，就做出往上踢的動作把青蛙男的腳抬得更高，讓對方失去重心。

青蛙男從椅子上摔了下來，整個翻了一圈，的確很像青蛙。

當他像隻被壓扁的青蛙般重摔落地的那瞬間，周圍爆出笑聲。

「噗哈哈哈哈哈！」

「居……居然被菜鳥絆倒！」

「不……不愧是斯佩路德族，有夠好笑！」

聽到這些笑聲，青蛙男的藍色臉孔很快變成紅色。果然他也是變溫動物嗎？

「你這混帳！」

青蛙男像青蛙般翻身站起，同時從腰間拔出小刀，朝向瑞傑路德。

咦？不會吧，真的嗎？光是這點小事就要鬧到動刀動槍？

「竟然敢耍老子……」

「……要是太小看我，下場會很慘。」

瑞傑路德先生，你這發言擺明是要跟他對幹……但對方手上有刀，不，這種程度還能算是一般爭執嗎？實際上到底如何？

「喂喂，我勸你還是收手吧，佩爾多克。」

這時，有一個馬頭男介入兩人之間。

「這年頭根本不流行惡整菜鳥了吧？」

「可是啊……」

「剛剛是你自己不小心跌倒吧？」

「不過諾克巴拉，你看這傢伙這副德性……」

「我說，剛剛是你自己，不小心跌倒，對吧？」

馬面這樣說完，青蛙男就以很不甘願的態度狠狠咂舌，然後快步走出冒險者公會。

看到這一幕，周圍觀眾也露出彷彿覺得很掃興的表情三三兩兩逐漸散去。

雖然對於發生衝突的狀況有先做過一定程度的預想，不過實際目睹時，果然還是會緊張。

我一邊想著這種事，同時再度往告示板的方向移動。

所以根本沒注意到，馬面男正以某種詭異的視線看著我們。

★　★　★

告示板上貼著大量的紙張。

全部都是委託。

我們能承接的委託只有F級和E級，但是這層級沒有什麼值得一提的委託，幾乎都是能在城鎮中完成的工作。

整理倉庫、協助烹飪、記帳、尋找走失寵物、驅除害蟲等等。

每一個似乎都能輕易達成，報酬也很少。

順帶一提，委託單長這個樣子：

F
・工作：整理倉庫
・報酬：石錢五枚
・工作內容：搬運重物
・地點：利卡里斯鎮十二號，有紅門的倉庫
・期間：半天～一天
・期限：無期限
・委託人姓名：奧爾特族的杜岡姆
・備註：貨物很多人手不足，誰快來幫幫忙。力氣越大越好。

F
・工作：協助烹飪
・報酬：石錢六枚
・工作內容：洗碗盤、上菜等等
・地點：利卡里斯鎮四號，足踏亭

·期間：一天　　　　·期限：到下次滿月前
·委託人姓名：卡南德族的西尼多拉
·備註：訂位的客人很多，需要有人幫忙。要是能順便幫忙試菜調整味道那更好。

E
·工作：尋找走失的寵物　　　　·報酬：屑鐵錢一枚
·工作內容：找到並抓回走失的寵物
·地點：利卡里斯鎮二號，奇里布排屋三號室
·期間：找到為止　　　　·期限：無
·委託人姓名：霍加族的梅賽兒
·備註：我們家的寵物走丟了一直沒有回來。
我拿出所有零用錢提出委託，請幫我找回來。

看起來沒有適合一整個隊伍去承接的工作。

是因為冒險者在低層級的時候，基本上都是單打獨鬥嗎？可是達成委託時的升級值似乎每個隊伍成員都能獲得，或許以隊伍為單位接下數個委託，然後再由成員分頭去完成才是在低層級時的主流做法吧。

「總之，要先從哪個簡單的任務做起……」

不過，為什麼找寵物會是E級呢……啊，大概是因為城鎮很大？

順便評論一下，「找到為止」這條件也很嚴苛。畢竟想找的寵物有可能已經死了。不過上面寫著「拿出所有零用錢」……委託人肯定是個讓人同情的少女。要是沒有人願意幫忙，實在可憐……

「沒有能和龍戰鬥的委託嗎？」「在S級的委託裡有，就這張。」「真的嗎？……我看不懂。」「上面寫著北邊有一隻落單的龍住下來不走了。」「打得贏嗎？」「最好不要挑戰，因為龍很強。」「是喔。不過，還是討伐類的委託比較好吧……」「但是討伐類的委託要C級以上才有。」「C級以上才有嗎？」「看起來是這樣。」「可是我聽說過一開始可以討伐哥布林(Goblin)之類的魔物耶？」「這個大陸上沒有那麼弱的魔物。」

艾莉絲找瑞傑路德幫忙唸出委託內容，還講著一些讓人心驚膽跳的發言。

瑞傑路德還挺會照顧別人。

「喂喂……噗呼呼……Dead End的各位，我說那些委託……噗噗……是不是……呵呵呵……層級有點太高了吧？」

這時，從先前嘲笑我們的人群之中，走出一人邊賊笑邊靠近他們兩個。

是個長著馬頭，渾身肌肉的男子。我記得他就是剛剛出面阻止爭執的那個傢伙。

我迅速移動，介入馬面男和他們兩人之間。

「吵個屁！我們會選擇F或E級委託啦！」

「喂喂，別生氣嘛。我只是想給你們一點建議。」

「你說啥？」

「你看，這個委託。找走失寵物的這張。」

他撕下來的委託單是我剛剛研究過的案子。

「因為城鎮太大，我覺得這委託很難達成。」

「喂喂喂喂喂喂，你的大哥不是『Dead End』的斯佩路德族嗎？」

「是又怎麼樣啦！」

「他額頭上的眼睛是裝飾品嗎？就算城鎮很大，只要靠那顆眼睛，我看不用一天就能找到了吧？」

唔，原來如此。聽他這麼一說，的確有道理。只要有瑞傑路德在，找生物類的委託都能輕鬆達成。

就算要找的對象是貓，只要靠瑞傑路德……等一下，說啥要提供建議。

根本只是認定這邊是冒牌貨，想煽動我們而已吧！

「囉唆啦！別管我們！」

我雖然表面上不甩對方，不過找走失寵物的委託確實可以活用瑞傑路德的能力。

這情報還是要在腦子角落找個位置好好記住會比較妥當。

「大哥！我們走吧！」

「嗯？不接個委託沒問題嗎？」

「沒差啦！在這種狀態下即使承接委託，也不會有好事！」

反正，今天本來就只打算露個臉和登錄而已。委託這邊是想先看看大概有什麼樣的案件，明天才要正式開始活動。

「走吧。」

我們一離開冒險者公會，還留在裡面的傢伙就再度發出爆笑聲。

「喂喂，不接委託就走了耶！」

「不愧是『Dead End』，果然從容！」

「呀哈哈哈哈哈！」

瑞傑路德露出困惑表情，像是在問：「真的這樣就好了嗎？」

沒錯，這樣就行。基本上算是成功。那些人即使聽到 Dead End 這名字，也沒有表示警戒或緊張，反而會大笑。或許不能說是最理想的結果，然而毫無疑問，我們已經前進了一步。

至少，我心裡如此確信。

——就這樣，我們三人成為冒險者。

第八話「冒險者的旅店」

離開冒險者公會時，我發現周圍看起來很暗。

明明天色還亮，卻只有城鎮中顯得莫名昏暗。過了幾秒後，我才注意到是因為這城鎮位於環形山的底部。由於周圍有高聳的山壁，所以在夕陽西下時會形成陰影。

我想大概很快就會變得一片漆黑。

「趕快找個能住宿的地方吧。」

如此提案後，艾莉絲露出感到不解的表情。

「去城鎮外面露宿不就好了嗎？」

「哎呀～別這麼說，起碼在進來後會想要好好休息嘛。」

「是嗎？」

瑞傑路德似乎露宿或住在鎮內都可以。

在外露宿時，晚上負責守夜的任務經常全都交給瑞傑路德負責。他在半夢半醒之間也可以注意到有東西接近我們。所以我會因為在半夜聽到有什麼東西破裂的聲音而清醒，然後發現原來是瑞傑路德和魔物戰鬥的聲音……這種狀況對心臟實在有害。

所以呢，我想找個地方落腳。而且肚子也餓了。

雖然也可以去買個什麼吃的，但之前做的肉乾還有剩。為了節省花費，還是忍著吃肉乾就好……話雖如此，畢竟肚子真的餓扁了，所以我想找個地方坐下來大吃一頓。

「啊！魯迪烏斯，你看！」

艾莉絲發出興奮的叫聲。啥？她想叫我看什麼……我抱著這種想法抬起頭一看，只見環形山的內部山壁上發出微弱光芒。而且隨著日落陽光變弱，那光線反而逐漸變強。

「好棒！好厲害！我第一次看到那種東西！」

等到太陽完全下山後，環形山的內部山壁照亮了以石頭和泥土建造的這個城鎮。

讓城鎮看起來很像是晚上特地打燈照亮的遊樂園。

「哦～這的確很了不起呢。」

畢竟我生前住在連深夜也不會陷入黑暗的地方，所以並不怎麼感動。

不過也不得不承認，這的確是充滿幻想風格的風景。話說回來，為什麼山壁會發光啊？

「那是魔照石吧。」

「唔，原來你知道啊，雷○……！」（註：出自漫畫《魁！男塾》的台詞）

「雷○……？那是誰？好像有哪一代的劍神也叫類似的名字……？」

當然，他聽不懂這個哏。一想到這世界沒有能聽懂這類哏的人，就覺得有點寂寞。

「抱歉，我認識一個叫那名字，而且什麼都懂的人。他是個知識淵博的傢伙，我剛剛有點弄錯了。」

「這樣啊。」

瑞傑路德又摸了摸我的頭，這舉動很像是在安慰思念過世父親的小孩。可是雷〇並不是我父親的名字喔。我爸爸是叫作保羅的人，而且他雖然作為父親還算合格，但以一個人來說，算是糟糕的那一類。

「那麼，魔照石是什麼東西呢？」

「是一種魔石。」

「有什麼效果？」

「魔照石可以在白天儲存日光，等周圍變暗後就會像那樣發光。不過，發光時間只能持續不到白天的一半。」

原來是太陽能充電式嗎？

在阿斯拉王國時沒看過。這東西這麼方便，應該要更廣泛使用才對。

「既然能在夜裡成為照明，多裝一點不是更好嗎？」

「不，魔照石是相當稀少的石頭。」

「咦？那，山壁上的那些石頭又是？」

數量多到可以照亮整個城鎮耶。

「據說那些是魔界大帝在世的時候讓人收集而來的，你看那邊。」

瑞傑路德指出的對象是在光線中隱約浮現的半毀城堡。

「而且只是為了要讓那座城看起來更美。」

「真是驚人的想法。」

我在腦中想像魔界大帝小姐的模樣。結果出現身穿繃帶裝（註：出自T.M.Revolution第八張單曲《Hot Limit》的打歌服）的艾莉絲大喊：「為了讓我看起來更美，必須打光照亮！」的景象。

「不會被偷走嗎？」

「據說基本上禁止私自取走魔照石，但我不清楚詳情。」

對喔，畢竟瑞傑路德也是第一次進入城鎮內。而且那些發光的石頭位於相當高的位置，除非能飛，要不然應該無法輕易拿到吧。

「當時魔界大帝似乎被大肆批評為過於任性，但現在卻像這樣發揮作用。」

「說不定她是為了人民才收集這些石頭。」

「怎麼可能，魔界大是出了名的頹廢墮落。」

頹廢又墮落嗎？如果魔界大帝還活著，我真想見見她。

我想她肯定是個類似女性夢魔（Succubus），既性感又淫蕩的大姊姊。

「或許這就是『事實往往比小說更離奇』吧。」

「這是人族獨特的措辭嗎？」

「是啊。就像斯佩路德族其實是一個心地善良的種族，不是嗎？」

又被摸頭。雖然原本覺得都這把年紀還被人摸頭好像有點不太對勁，但是希望大家想像看看。想像精神年齡四十幾歲的男性被實際年齡五百六十多歲的男性摸頭的狀況。

如果無法想像，那就省掉一個位數。

也就是四歲男孩被五十六歲男性摸頭的場景，不覺得很溫馨嗎？

「那個！我想去城堡那邊看看！」

艾莉絲指著在黑暗中浮現出的漆黑魔城（半毀）這樣說道，但是我予以否決。

「今天不行，先找地方住宿吧。」

「為什麼？有什麼關係！去一下就好！」

她賭氣地鼓起雙頰。看到艾莉絲這模樣，會讓人覺得去一下其實也沒關係，不過瑞傑路德剛剛有說過魔照石的光芒並不會持續很久。

要是到達城堡那裡時正好熄滅那就不有趣了。

「最近我總覺得有點累，還是去找地方住宿吧。」

「咦？你還好嗎？」

雖然不習慣旅行也是一部分原因，但總覺得身體有點沉重。

實際上和魔物戰鬥時還能夠行動所以沒有問題，但疲勞比平常更容易累積，是因為操太多心了嗎？

「不要緊，真的只是有點累。」

「是喔……？那我就忍耐一下吧。」

忍耐……嗎？以前的艾莉絲從來沒說過這種話。

我一邊感嘆艾莉絲也有確實成長，同時往旅社移動。

★ ★ ★

狼之足爪亭。

共有十二間房，一晚石錢五枚。

雖然建築物陳舊，但保持針對冒險者新手服務的態度，價格很有良心。

只要再多付石錢一枚，還會提供早晚餐。

另外兩人以上的冒險者組成隊伍住在同一間房裡，就可以免收飯錢。

由於是服務新人的旅社，即使房間裡有比較多張床，價錢還是一樣。

入口是酒館兼大廳，位子實在不多，但有分為吧台區和用餐區。用餐區的桌子那邊正符合這裡服務新手的宗旨，坐著三個年輕的冒險者。

雖說是年輕冒險者，不過還是比現在的我年長。看起來和艾莉絲差不多，全都是少年。

他們毫不客氣地觀察我們。

「要怎麼做？」

瑞傑路德投來「在這裡也要演戲嗎？」的視線，同時開口發問。

「還是算了。」

我稍微思考後，搖了搖頭。

「我不想在休息的地方還要繃緊精神。」

現在還無法確定會在這間旅社住幾天，但他們幾個還是小孩。既然住在同一個地方，不論他們願不願意，都會注意到瑞傑路德是個好人吧。

「三人隊伍，總之先住三天。」

「噢，那飯吃不吃？」

這店員態度真隨便。

「要吃，麻煩了。」

總之我先付了三天份的住宿費，飯錢可以免費真好。

還剩鐵錢一枚、屑鐵錢三枚、石錢二枚，換算成石錢的話是一百三十二枚。

「妳……妳也是新人嗎？」

當我正在向店員請教這間旅社的規定時，有個新人跑來找艾莉絲搭話。那傢伙額頭上長著角，還有一頭白髮。嗯，勉強可以算是美男子啦……標準放低一點的話。

至於另外兩人……嗯，算美少年吧。一個是長著四隻手臂，有點粗壯，感覺成長後會人高馬大的少年；另一個是長著鳥嘴，頭上還有羽毛的少年。

啊……嗯，也還算是美少年，不過類型都不同。

如果最初的傢伙是「一般屬性」，另外兩個就是「格鬥屬性」和「飛行屬性」吧。（註：

出自電玩《神奇寶貝》裡的屬性分類）

「我……我們也是新人，怎麼樣，要不要一起吃個飯？」

原來是搭訕啊，臭小鬼裝什麼大人。不過，他的聲音有點發抖。

勉強可以算是可愛的光景啦。

「而且我們可以告訴妳承接委託時的訣竅。」

「………哼！」

艾莉絲哼了一聲把頭轉開。

不愧是艾莉絲大小姐！碰上搭訕，最好的對應就是無視！

算了，我想是因為她聽不懂對方在說什麼。

「我說，一下子就好了。那邊的妳弟弟也可以一起來。」

「……」

我正在想差不多該出手幫忙，就看到艾莉絲迅速移開視線，打算遠離那群人。我知道那技巧是什麼，是艾德娜女士直接傳授的禮儀規矩。

「不想理睬對方時的貴族迴避方式·初步篇」！

你打算怎麼做，長角的少年？如果是紳士，這裡應該要很有自知之明地退下。

「別不理人啊！」

但是長角少年不是紳士。大概是覺得很不爽吧，他拉住艾莉絲兜帽的邊緣，用力一扯。

艾莉絲雖然被往後扯，但是並沒有跌倒。因為她的下半身已經鍛鍊得相當有力。話雖如此，長角少年也沒有被她拖著走。根據少年能當冒險者的現狀，或許他對自己的力氣相當有信心。

雙方的力量對夾在中間的物體造成傷害。

便宜的兜帽邊緣發出不妙的聲音，裂開了。

「……咦？」

聽到那聲音的艾莉絲看向裂開的地方。

在兜帽縫線部分出現一個小小的缺口。

——啪！

我感覺自己確實聽到艾莉絲內心有某種東西斷裂的聲響。

「你做什麼啦！」

甚至讓整棟建築物晃動的尖銳吼叫成了宣告開戰的鑼聲。

她才一回頭，就使出伯雷亞斯拳。

由紹羅斯傳授，經過基列奴的訓練才完成的轉身直拳很正確地命中少年的臉。他的腦袋整個往旁邊扭，幅度大到讓人擔心少年的脖子該不會已經斷了。接著少年邊轉圈邊倒下，後腦勺撞上地面，只挨了一拳就失去意識。

就連身為外行人的我也看得出來剛剛那拳具備相當強大的破壞力。如果最凶惡的死刑犯也在現場，大概會感嘆「真是驚人的一拳」吧。硬要搭訕的下場就是這樣，活該。（註：「最凶惡的死刑犯」是板垣惠介的漫畫作品《刃牙》系列中曾出場的一個角色，他在被打倒時講過「真是驚人的一拳」這句台詞）

經歷這件事並好好反省後，他應該不會再做出「找艾莉絲搭話」的危險行徑吧。

這是教訓。好啦，艾莉絲應該會和剩下兩個人也吵起來，我該趁現在趕快介入。

「你們知道我是誰嗎！給我秤秤自己的斤兩！」

然而，艾莉絲並沒有一擊就收手。

伯雷亞斯踢。由紹羅斯傳授，經過基列奴的訓練才完成的正面抬腳踢正確地命中第二個人的胸口。

「嗚嗯嗯嗯……！」

長著四隻手臂的少年痛苦掙扎地雙膝一軟跪倒，這時卻遭到艾莉絲以膝蓋踢繼續追擊。

於是四隻手臂的少年下巴被踢中，整個人飛了出去。

「咦？啊？咦咦？」

最後一人，那個鳥少年雖然還沒有弄清楚狀況，不過大概是基於本能想要迎擊衝向自己的艾莉絲，因此把手放到腰間的劍上。

覺得拔劍未免太過火的我慌忙使出魔術，想要介入他們之間。

然而，艾莉絲過火的程度卻高出好幾倍。她在鳥少年拔出劍之前，就朝著對方下巴前端確實出拳。拳頭以掃過烏少年下巴的形式命中，讓他那對應該沒有眼白的雙眼翻著白眼，頹然倒下。

一瞬間，三個人就喪失抵抗能力。

接著艾莉絲跨著大步走向一開始的長角少年，把他的腦袋當足球一樣往上踢。

少年挨了第一腳之後就恢復意識，但是卻無力抵抗，只能縮成一團忍耐。

艾莉絲一次又一次地踢著這樣的少年。

「這可是，魯迪烏斯他，第一次，買給我的，衣服啊！」

哎呀！艾莉絲小姐！沒想到妳那麼重視我！

明明只是便宜貨，而且只是因為紅髮太顯眼才希望妳戴上……真是讓大叔我深深被打動啊！

把少年踢到翻過身子臉部朝上後，艾莉絲抓起對方的一隻腳，以駭人的表情說出恐怖的發言：

「我要讓你一輩子後悔！看我把你踩爛！」

她要把什麼踩爛？實在太恐怖了讓我不敢發問。

剛醒來的少年即使無法理解艾莉絲在說什麼，但應該也知道她想做什麼吧。少年喊著「救救我」、「對不起」等發言並圖逃跑。

然而艾莉絲聽不懂他的話，就算聽得懂，也沒打算放過少年。

艾莉絲不是那種會在最後掉以輕心的人，她在行動時會徹底執行。

那個少年的下場，就是三年前沒能成功逃走的我。

「艾莉絲！等一下！」

直到這時，我才終於能夠出手阻止。畢竟事出突然，不由得總是慢了一步介入。

「克制住啊！艾莉絲！不可以繼續攻擊！乖！」

「什麼嘛！魯迪烏斯！別礙事！」

我從艾莉絲後面抱住她，手碰到了胸部，傳來柔軟觸感。

不過現在沒有空享受這觸感，艾莉絲還在掙扎，感覺隨時會把少年的那個踩爛。

少年的哪個？實在太恐怖了無法明講。

「聽我說，只要縫一下就好！我會幫妳縫好！所以原諒他們吧！那樣做未免太可憐了！」

「什麼嘛……哼！」

我拚命地這樣說完，臉上表情依舊充滿怒火的艾莉絲總算停止動手動腳，以盛氣凌人的態度走向瑞傑路德那邊。

至於瑞傑路德則是坐在酒館的椅子上，帶著彷彿在欣賞什麼溫馨景象的眼神束手旁觀。

「瑞傑路德先生也是！下次請出面阻止！」

「嗯？這只是小孩子吵架吧？」

「阻止小孩子吵架也是監護人的工作！」

而且很明顯實力差距太大不是嗎？

★★★

「你們不要緊吧？」

「啊……嗯……不……不要緊……」

我沒來由地抱著感同身受的心情對倒在地上的少年使出治療術，幫助他起身。

「抱歉，她聽不懂魔神語。」

「真……真可怕……她為什麼生氣？」

「我想應該是討厭被糾纏，還有兜帽對她是重要的東西……吧？」

「是……是嗎……可以麻煩你幫我說聲對不起嗎？」

我看向艾莉絲，發現她拿下兜帽，正咬牙切齒地瞪著裂開的地方。

那是顯示出絕對不會原諒這些人的表情。我好久沒看到這種表情，講得具體一點，大概除了第一次見面時都沒看過。感覺旁邊還可以加上「！？」或「青筋爆裂」之類的形容詞。

「要是現在找她說話，大概連我也會挨打。」

「這……這樣啊。雖然長得很可愛，不過還真恐怖。」

我本來覺得艾莉絲最近變淑女了，結果只是在裝乖嗎？

還以為她有所成長，真讓人有點受打擊。

「沒錯，她很可愛。所以，最好不要隨便找她搭話。」

「啊……嗯，你說得對。」

「還有，如果你們想要找機會報今天的仇，最好放棄這個想法。這次是意外事故所以我才出面阻止，下次真的會死喔。」

我嚴厲地提醒他。

少年先睜大雙眼擦擦鼻子，又摸了摸後腦看看有沒有腫起來，之後大概是總算冷靜下來，開口報上名字：

「……我叫庫爾特，你呢？」

「我是魯迪烏斯·格雷拉特，剛剛那女孩叫艾莉絲。」

看到我們互相報上名號，躲在遠處觀望的兩個少年也靠了過來。他們兩人是因為庫爾特太亂來才會被颱風尾掃到，有四隻手臂的大個子叫「巴奇洛」，長得像鳥的叫「加布林」。

兩人講完名字後，就分別移動到庫爾特的左右，然後擺出姿勢。

「三人組成『多庫拉布村愚連隊』！」

「…………」

這動作很像雅〇娜之驚嘆。（註：出自漫畫《聖鬥士星矢》，由三個黃金聖鬥士一起使出的招式）

說真的，我覺得有夠土。愚連隊是什麼啊，流氓組織嗎？還有多庫拉布村又是哪個鄉下地方？

「因為我們快要升上Ｄ級，所以在討論差不多想要找個女性魔術師加入。」

「女性魔術師？」

哪裡有這種人啊？在場的魔術師明明只有我一個。

而且我也沒有打扮成看起來像是魔術師的模樣……嗯？外表像是魔術師？

「你們該不會是看到戴著兜帽的艾莉絲，就認為她是魔術師？」

「嗯。因為，會戴兜帽的人都是魔術師吧？」

「她不是佩著劍嗎？」

「咦？啊……真的有。」

看來他沒注意到劍，這少年一定是那種眼裡只看得到自己想看事物的類型。

「你是魔術師吧？真厲害，能使用治癒魔術。」

「嗯，還好啦。」

「要不要兩個人一起加入我們？」

叫我加入愚連隊？開什麼玩笑。是說，已經被艾莉絲打成那樣，他們居然還沒有學乖。

「要是我加入，那邊那個人也會一起加入喔。」

瑞傑路德似乎正在對艾莉絲囑咐著什麼，艾莉絲雖然一臉不高興，但還是乖乖點頭。

「咦？那個人也和你們是同個隊伍？」

「沒錯，他叫瑞傑路德。」

「瑞傑路德……？隊伍名是？」

「『Dead End』。」

聽到這個詞，讓他們露出「啥？」的表情，看起來像是覺得我們怎麼有膽假冒這名字。

「取這種名字沒問題嗎？」

「已經取得當事人的許可。」

「這啥啊？」

是聽起來很像玩笑的真相。

「算了，有什麼關係呢。總之就是這樣，我和艾莉絲都不能和你們一起組隊。」

跟這些傢伙組隊似乎也不會有什麼好事，畢竟我並不是想玩冒險者家家酒。

「是喔……但你可別後悔喔，我們會在這城鎮裡打響名號。就算你之後才說想加入隊伍，也不算數嘍。」

什麼打響名號……不，就是這麼回事嗎？來到城鎮裡成為冒險者，將來有望的年輕人。

就算是之前的冒險者公會，這種年輕成員也會被他人以和藹眼神接納吧。

「哼，面對艾莉絲時完全無法抵抗只能被打趴，還敢講這種大話。」

「剛……剛剛只是太大意了。」

「在魔大陸的平原上，你還能說同樣的話嗎？」

「嗚……」

我駁倒他了，感覺真痛快。

魔大陸平原（熱帶草原）上的帕克斯郊狼（獅子）果然具備不同的說服力。（註：「在魔大陸的平原上，你還能說同樣的話嗎？」這句話出自2CH，會畫一隻獅子的ASCII圖並配上「在熱帶草原上，你還能說同樣的話嗎？」這句台詞，用來吐嘈講大話的留言）

在這種對話後，我和「多庫拉布村愚連隊」道別。

★★★

吃完飯後我們前往房間，房裡並排著三張毛皮床。

「呼……」

我不發一語地在床邊坐下。

好累，今天也好累。

一方面是因為身體狀況不太好，另一方面則是因為和別人碰面，遭到嘲笑，還有被當傻瓜看待等狀況也讓我產生精神上的疲勞。就算只是演戲也一樣。

「……」

艾莉絲看著窗外。

那裡有著逐漸變暗的街景。

雖然我也覺得半毀的城堡充滿幻想色彩，不過真虧她還有閒情逸致去注意背景。

明明有一大堆必須操心的事情，她卻全都丟給我嗎？未免過得太爽。

——不，這種消極否定的思考並不妥。艾莉絲是因為信賴我所以才沒想那麼多，證據就是她也沒耍什麼任性，不是嗎？

（雖然沒耍任性，不過倒是跟別人起了衝突。）

我往後倒在床上，看著天花板思考。接下來該怎麼辦？

必要的東西……沒錯，首先需要錢。

這旅社三個人住一晚要十五枚石錢，所以最少一天必須賺到這金額以上的收入。

但是根據之前看到的委託，F級的行情是五枚石錢上下，E級是一枚屑鐵錢上下。

如果是一個人，一天最少只要完成一件F級委託就能支付住宿費。之後能賺取的金額會隨著層級上升而增加，也能存錢。F、E級基本上是城鎮內的工作，升到D級以上之後採集的委託就會變多，所以要先承接F、E級來存錢，購買裝備後再挑戰D級任務——就是這樣的系統吧。

雖然設想周到，但我們共有三人。

（把午餐錢、消耗品費用也算進去，一天大概要花二十枚石錢。如果一天至少完成一件委託，可以獲得十到十五枚石錢。然後把現在手邊的錢全換算成石錢後，是一百三十二枚。）

撐不到兩星期，三兩下就會用完。

我們必須一天完成兩件或三件以上的任務，要不然無法回本。

要是分頭進行，一天應該可以達成能賺到二十枚石錢的工作，問題是放瑞傑路德一個人行動，或許會導致他的真實身分曝光。再加上艾莉絲不會說魔神語，要完成依賴應該有困難。畢竟她那麼急躁，說不定出去時會跟別人起衝突。而且基本上，要是沒有一起行動，就沒辦法幫瑞傑路德宣傳。

只要升級，錢的問題就能解決。

如果是戰鬥類的委託，那是瑞傑路德和艾莉絲擅長的範圍，想來可以立刻上軌道。話雖如此，討伐類委託基本上是從C級開始。要是能在兩星期內升上D級大概還有辦法，但是一天如果只完成一件委託恐怕無法達成。

雖然我忘了問要完成幾次委託才能夠升級，不過至少似乎不可能憑著能力強大就跳著升級，所以只能腳踏實地一步步往上升。

另外，我的狀況也還沒恢復正常。

雖然覺得大概沒問題，但我和艾莉絲有可能會罹患無法用解毒來治療的疾病。

而且，也不知道其他還會有什麼狀況必須用到錢。

還得定期購買瑞傑路德用的染料。

身上的衣服也是，總不能一直只有這一件。雖說原本就是高檔服裝所以比較耐穿，而且利用魔術也能迅速洗好，但是靠魔術來烘乾其實很傷衣服質地，說不定以後會破掉。希望能早一點有衣服替換。

還有也想要肥皂，我和艾莉絲最近都只有用浸過熱水的毛巾擦身體而已。

另外，生活用品方面的需求也會越來越增加吧。

不管怎麼說都是需要錢。

對了，要不要貸款呢？我想只要找一下，這城鎮裡應該有金融業者吧。

不，還是盡量不想去貸款，至少在還沒有能力償還前不能去借錢。

要不然乾脆把「傲慢水龍王」賣了？

不，這是最後的手段，怎麼能隨隨便便就把艾莉絲送我的生日禮物賣掉呢？

（真沒想到我會為了家計煩惱……）

我回想起生前雙親想跟我討論錢的事情時，自己曾經敲地板恐嚇他們閉嘴的行徑。

那是讓人胃痛的光景，我再也不願想起。另外，也回憶起之前要求保羅出兩人份學費時，他露出的表情。我有點太小看錢了。

（與其反省，還是想想如何賺錢吧。）

該怎麼做才能有效率地賺到錢呢？

每天達成委託是最好的方法嗎？

不，比起委託，或許前往平原狩獵魔物會比較好。沒有必要執著於冒險者的身分。

不過，要是那樣做，就無法宣揚「Dead End」的名聲。為了讓「Dead End」這名字能傳出去，最好先提升冒險者層級。我想這樣做一定也對將來有益。畢竟要販賣魔物的素材時，透過公會也能賣到比較高的價錢。

不過，我們有餘裕顧慮到這些嗎？是不是該把瑞傑路德的事情放一邊去，先努力存錢，打好生活的基礎之後再來處理這方面呢？

（想法一直在原地繞圈……）

賺錢，還要提昇瑞傑路德的評價。必須同時顧及兩邊是最大的困難。

（要是有什麼好方法……那就好了。）

我在沒有想到任何點子的情況下，靜靜進入夢鄉。

★　★　★

夢。這是個白色又空無一物的場所。

同時，沉重又自卑的心情湧了上來。

又來了啊……我嘆了口氣。

等我回神，才發現眼前站著一個猥褻的傢伙。

這次又是怎樣啦？我抱著煩躁的心情對馬賽克混帳發問。

可能的話，我希望盡快結束。

「這次也好冷淡啊。你不是因為有依靠瑞傑路德，才能成功到達城鎮嗎？」

是沒錯啦。不過考慮到瑞傑路德的個性，就算我們當時選擇逃走，他應該也會暗中保護我們吧。

「你相當信賴他呢，可是為什麼卻不願意相信我呢？」

你不知道原因嗎？明明自稱是神還不懂？

「好啦，比起這種事情，我要給你下一個建議。」

好好好，知道了啦。快點結束吧。

我討厭聽到這個馬賽克傢伙的聲音，也討厭現在的感覺。就是身為魯迪烏斯的日子會化為夢中記憶淡去，作為混帳尼特的感覺卻會復甦的這種狀況。反正到最後這傢伙還是會強迫我知道建議內容，所以從一開始就乖乖聽反而好。

「怎麼這麼卑躬屈膝。」

因為到頭來還是會被你玩弄於掌心吧？

「沒那種事，要怎麼做全由你自己決定。」

不必裝模作樣講那麼多了，趕快進入重點。

「好好好……魯迪烏斯，去承接尋找寵物的委託吧……那樣一來你的不安就能解除……」

能解除……能解除……能解除……

一邊聽著回音，同時我的意識也逐漸模糊。

★★★

我在半夜醒來。

作了個討厭的夢。老實說，我受夠了這個神諭。每次都挑準時機冒出來，那傢伙絕對是邪神。是擅長刺激人心脆弱部分的邪神，跟MOC〇OS沒兩樣。（註：電玩《異域傳說二部曲：善惡的彼岸》限定版曾附贈作中角色KOS-MOS的模型，當時部分玩家認為模型做得很爛所以稱之為「邪神像」，並用KOS-MOS的名字改拼成MOCCOS）

「呼……」

我嘆了口氣，先看向左方。

瑞傑路德在睡覺，但是不知道為什麼沒睡在床上，而是抱著槍窩在房間角落裡。

然後看向右邊——發現艾莉絲醒著。

她坐在床上抱著膝蓋，望向已經整個變暗的窗外。

我靜靜起身，來到艾莉絲身旁坐下，也從窗口看向外面。這世界的月亮同樣只有一個。

「睡不著嗎？」

「……嗯。」

艾莉絲望著窗外點頭。

「我說……魯迪烏斯。」

「嗯。」

「我們……能回去嗎……？」

聲調聽起來很不安。

「這個……」

自己的差勁觀察力讓我感到很羞愧。

我一直以為艾莉絲和以前一樣。以為她不會感到不安，只是純粹地享受著這個狀況，享受冒險。

但是我錯了，她同樣感到不安。

只是表現出避免讓我察覺到這一點的舉止。

艾莉絲應該累積了不少壓力。

所以她才會吵那種架。而我卻沒有發現，這算什麼？

「能回去。」

我輕輕摟住她的肩膀，於是艾莉絲就把頭靠到了我肩上。這幾天她並沒有好好洗澡，傳來的味道也和以前完全不同。

可是，我不討厭這味道。正因為不討厭，所以自己的任性小子在蠢蠢欲動。要忍耐再忍耐……回去之前，我都是遲鈍系。

和希露菲那時的狀況不一樣，現在有不得不忍耐的理由。雖然像是刻意加上去的理由，但我也不想做出在艾莉絲感到不安時趁虛而入的卑鄙行徑。

「那個……魯迪烏斯，交給你也沒問題吧？」

「請放心，無論如何我們都要回去。」

啊啊，溫順的艾莉絲大小姐真可愛。我能體會紹羅斯爺爺的心情。

這樣當然會讓人想溺愛她。是說，爺爺他們不知道如何了？那道光蓋住了整個菲托亞領地，意思是——

——算了，現在還是別去想吧，光是自己的事情就已經讓我難以應付。

「一起好好努力吧。艾莉絲妳也趕快睡，明天開始會很忙喔。」

我把手輕輕放到艾莉絲頭上拍了拍，然後才回到自己的床鋪。這時卻和瑞傑路德對上眼，被他聽到了嗎？

我覺得有點不好意思，但他立刻閉上眼睛。

看樣子他是想裝作沒看到。嗯，真是個好人。如果是保羅，一定會不管三七二十一地開口挖苦我吧。

果然，不能把這個人的事情放到以後再處理。

話說回來……講到保羅，他是不是在為我擔心呢？得送封信說明自己並沒有生命危險，雖然我也不確定是否能寄到……

（找寵物啊……）

儘管不清楚人神在打什麼主意，但只有這次不要去深究，直接聽從他的建議吧。

在翻滾的不安情緒中，冒險者生活的第一天靜靜地劃下句點。

第九話「人命和第一個工作」

利卡里斯鎮二號，奇里布排屋。

那是一棟只有一層樓的長方形建築，設有四個出入口。

住在這裡的人雖然絕對算不上富裕，但也不至於像貧民窟那樣受貧困所苦，而是魔大陸上的一般階層。

在這種地方出現三個人影，兩個小的人影和一個大的人影。

他們旁若無人地在路上慢慢前進，然後毫不客氣地來到排屋其中一戶前方站定。

「午安～我們來自冒險者公會！」

年幼少年高聲大叫，並敲著那一戶的房門。

這光景很詭異。在這一帶的冒險者裡，沒有人講話那麼客氣。

所謂的冒險者，基本上都是一些粗野的傢伙。

然而這語調溫柔的聲音似乎讓那一戶的居民很乾脆地上當。

房門喀恰地打開，走出一個年齡大約七歲，特徵是蜥蜴般的長尾巴，還有舌頭前端分成兩個岔的霍加族。

看到三人的少女睜大雙眼，而少年則笑容滿面地對她搭話。

「妳好，這裡應該是梅賽兒小姐的家，沒錯吧？」

「咦？那……那個？」

「啊，不好意思沒先自我介紹，在下是『Dead End』的魯迪烏斯。」

「D……Dead End？」

少女──梅賽兒也聽說過 Dead End 這名字。

Dead End。在四百多年前的拉普拉斯戰役中立下許多戰功，甚至對同伴也下手虐殺的惡魔，斯佩路德族。Dead End 是在其中被視為最凶暴殘忍的個體。

據說只要碰上 Dead End 就會死。實際遭遇過那傢伙的人也全都主張「要不是拚命逃走早就被殺」，在魔大陸上成了恐怖的代名詞。

就連宣稱無論是什麼魔物都能打倒的強大冒險者，也只要聽到 Dead End 這名字就會忍不住發抖。梅賽兒也知道 Dead End 的特徵，不是眼前的這種小不點。

「今天是因為我等承接了您希望代為搜索寵物的委託，所以想來請教詳情，請問您的時間上方便嗎？」

Dead End，這是可怕的名字。雖然後面那兩人看起來有點詭異，不過看到這用詞極為恭敬客氣的少年後，梅賽兒內心的恐懼降低了。而且他們好像是冒險者，還承接了自己的委託。

「請你們幫我找到小咪。」

「好的，寵物的名字叫小咪嗎？真是可愛。」

「是我取的名字。」

「哦？您的取名品味真好。」

聽到這句話，讓梅賽兒心情很好。

「那麼，小咪是什麼樣的寵物呢？」

梅賽兒把寵物的外表，還有三天前失蹤，一直沒有回來，平常一叫就會來最近卻沒有出現，也沒有吃飼料所以肚子應該餓了等情報告訴魯迪烏斯。

她的講話方式很符合年齡，聽起來漫無重點。

如果是一般的大人，或許會受不了這種講話方式並半途放棄離開。然而少年卻掛著笑容聽完，而且還一一點頭回應少女努力敘述的內容。

「我明白了，那麼我們會去尋找，請交給『Dead End』吧！」

少年豎起大拇指。這是什麼意思呢？後面兩人也做出一樣的動作。梅賽爾雖然不太理解意思，但還是模仿他們也豎起拇指。

確認梅賽爾的反應後，少年帶著滿意表情轉身離開，旁邊的兜帽女性也跟著他移動。只有個子最高大的男性蹲了下來，把手放到梅賽爾頭上。

「我一定會幫妳找到，放心等著吧。」

那男子臉上有道縱貫整張臉的傷，額頭有寶石，還有一頭顏色不均勻的藍髮。這長相很可怕。

然而，放在頭上的手很溫暖。少女點了點頭。

「麻……麻煩各位了。」

「嗯，包在我們身上。」

三人離開排屋。梅賽爾望著他們的背影，朝著最高大的男子發問：

「那個……請問你叫什麼名字？」

「瑞傑路德。」

他簡短回答後，立刻轉過身往前走。梅賽爾紅著臉，在口中默念著瑞傑路德的名字。

★魯迪烏斯觀點★

和委託人碰面後，我掌握到確實的回應。

我試著模仿生前常來家裡的推銷員，看來進行得很順利。

被其他冒險者嘲笑是沒關係，但是必須讓委託人留下好印象。所以面對委託人時，要以恭敬的態度說話。

「不愧是你，連那種演技也能辦到。」

正感到鬆了口氣，瑞傑路德也在此時向我搭話。

「不不，瑞傑路德先生才是。最後的那個非常好。」

「最後的那個？你指什麼？」

「你不是把手放到那女孩頭上，還說了些什麼嗎？」

那完全是即興演出。

我本來還提心吊膽地擔心他不知道會說什麼，但是卻得到了出乎我意料的好結果。

「噢，你是說那個嗎。那個有哪裡好？」

居然問我有哪裡好。那個少女不但滿臉通紅，還以染著紅暈的表情抬眼望著瑞傑路德。

如果看的對象是我，理性恐怕已經被拋到腦後了吧。

不過瑞傑路德那麼喜歡小孩，要是我以認真態度講這種話，他大概會一臉不高興地告誡我的言行。

「嘿嘿，那個女孩已經完全迷上大哥了，呼嘿嘿嘿。」

所以我裝出像是在開玩笑的語氣，還舉起手肘戳了戳瑞傑路德的大腿。

瑞傑路德露出苦笑，沒什麼自信地回我說：「沒那回事吧。」

「呼嘿嘿嘿，只要大哥你認真起來，那種小姑娘……好痛！」

後腦勺被人用力打了一下。我回頭一看，只見艾莉絲正嘟著嘴。

「不要發出那種奇怪的笑聲！那只是在演戲吧？」

看來她不喜歡我做出低俗舉止。

艾莉絲在綁架事件過後，就很討厭那種低俗的傢伙。

就算是在要塞都市羅亞裡，也只要一看到外表像是盜賊的人就會皺起眉頭。

我原本只是想開開玩笑，但似乎引起艾莉絲的反感。

「對不起。」

「真是！格雷拉特家的人怎麼可以笑得那麼沒品呢！」

聽到這句話，我差點笑出來。

妳聽到了嗎，太太？艾莉絲叫我要「有品」耶。那個不把房門踹破就不甘心的大小姐現在居然成長得如此溫柔婉約。

不過，如果要主張這種事情，真希望她也能停止昨天那種突然抓狂，然後跟別人起衝突的行為。

不，如果只參考紹羅斯，突然抓狂並打人或許還可以算進文雅的範圍內。不，怎麼可能會是那樣。

……阿斯拉貴族對於品格的標準真是讓人無法理解。

「話說回來，能找到寵物嗎？」

因為無法理解，所以我改變話題。

根據聽來的情報，那隻寵物似乎是貓。

顏色是黑色，好像和少女一起長大。

體型相當有分量，少女張開雙手來表現寵物的大小。如果直接當成是那樣，大概有柴犬般大吧？以貓咪來說算是很大隻。

「當然，因為我已經答應會幫她找到。」

瑞傑路德如此明確斷言，真是可靠。

語畢，他率先往前走。雖然他的腳步沒有任何猶豫，但我卻有點不安。

就算瑞傑路德擁有生物雷達，要在城鎮中找出一隻動物也不是容易的事情。

「你有策略嗎？」

「動物的行動很單純，你看。」

瑞傑路德指出的地方有動物腳掌踩過地面的模糊痕跡。

真厲害，我完全沒注意到。

「只要追蹤這個腳印，就可以找到嗎？」

「不，這應該是其他動物的腳印。和聽來的情報相比，這腳印比較小。」

的確，看這尺寸頂多只是隻體型普通的貓。不過我倒是覺得少女的形容應該有點誇大啦。

「唔。」

「是我們要找的動物的地盤已經被其他動物逐漸入侵。」

「是那樣嗎？」

「沒錯，因為味道正在變淡。」

味道？該不會這傢伙還可以聞出動物劃分地盤時留下的標記吧？

「走這邊。」

瑞傑路德自顧自地理解了什麼，然後走向巷子深處。

我默默地跟在他後面。

雖然搞不清楚狀況，但跟在名偵探身後的助手大概就是這種心情吧？以壓倒性的追蹤技術來把犯人逼上絕路，然後利用魔界式巴頓術（Bartitsu）以及源自於恐怖的誘導性審問來逼迫犯人自白。不管是何種事件都能迅速解決的名偵探瑞傑路德，在此登場。（註：巴頓術據說是夏洛克．福爾摩斯擅長的一種武術）

「找到了，大概是這傢伙吧。」

瑞傑路德指著巷子裡的一個角落，如此說道。我根本不知道他找到了什麼，也不知道是在大概什麼。至少這裡沒有留下動物腳掌的痕跡。

「是這邊。」

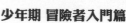

他輕快地在巷子前進。
腳步毫無猶豫，越來越深入狹窄的巷子。
就像是貓會經過的那種狹窄小巷。
我不清楚他是在想什麼才會這樣行動，但應該有順利追蹤著目標的腳步吧。
「你看，這裡有打鬥過的痕跡。」
瑞傑路德在一條死巷裡停下腳步。就算他叫我看，我也看不出那種痕跡。
因為沒有血跡，地面上也沒有什麼特別的狀況。
「走這裡。」
瑞傑路德走在前面，我和艾莉絲只是跟著。真是輕鬆的工作。
我們穿過小巷，橫越道路，又走進另一條小巷。再穿過小巷，走進建築物後方的小路，然後再換一條巷子。
在宛如迷宮的場所裡不斷前進。通過某條巷子後，周圍的風景變了。
變得比先前蕭條了幾分，有些房舍已經崩塌，外牆也變得簡陋粗糙。
有些傢伙以危險的眼神瞪著我們，還有人躺在路邊。也看到很多髒兮兮的小孩。
這裡是貧民窟。
不是慢慢進入貧民窟的感覺，而是走了近路後就突然闖入的感覺。
我心中的警戒等級一口氣提昇。

「艾莉絲，請妳做好隨時可以拔劍的準備。」

「……為什麼？」

「為了以防萬一。還有，和人擦身而過之後要注意背後。」

「啊……嗯，我知道了……！」

我先提醒一下艾莉絲。

雖然因為有瑞傑路德在，我想應該不會發生什麼太誇張的事情，但是如果全依賴別人結果自己卻發生失誤，那可讓人看不下去。

自身的安危必須由自己來保護才行。

這樣想的我握緊懷中的錢袋。雖然也不是有多少錢，但可不能被人扒走。

「……嘖！」

有時候會有像流氓的人瞪向瑞傑路德，他以相當凶狠的眼神反瞪回去後，那些傢伙就會立刻咂著舌把視線轉開。

在這種地方，比起冒險者，或許對於強者的警戒心還比較高。

「真的在這種地方嗎？」

「這個嘛……」

瑞傑路德的回答聽起來很不可靠，他的腳步不是一直毫無遲疑嗎？

不，他只是話不多，想必有找到什麼線索。

就這樣相信吧。

走了一陣子之後，瑞傑路德在一棟建築物前停下腳步。

「就是這裡。」

眼前有一段往下的樓梯，樓梯前方是一扇門。

看起來像是視覺系的人們會聚集的地下酒館。

當然，我沒有聽到搖滾又流行的音樂聲，也沒有戴著墨鏡的光頭警衛在監視出入的客人。

反而飄出一股動物的味道。就像是經過寵物店附近時，那種很難形容的動物味道。

還有那個，有那種犯罪現場的感覺。

「裡面有幾個人？」

「沒有人，但是有很多生物。」

「那我們進去吧。」

既然沒有人，也沒有必要特別猶豫。我走下樓梯，把手放到門上。

門鎖著，我利用土魔術開鎖。

基本上我有先檢查周圍，確認沒有被任何人看到後才閃身進入門內。而且為了以防萬一，還從內側重新把門鎖上。實在很像小偷。

裡面是一條昏暗的走廊。

「艾莉絲，請警戒背後。」

「我知道了。」

雖說瑞傑路德應該會發現有人進來，不過基本上還是要警戒。

我們由瑞傑路德打頭陣，走向建築物內部。

走廊深處有一扇門，門後是一個小房間，然後又有一扇門。穿過兩道門後，喧囂的動物叫聲衝擊耳朵。

在最深處的房間裡，排著很多籠子。

塞滿整間房的這些籠子裡關著大量的動物。

有狗有貓，還有沒見過的動物。在這間跟學校教室差不多大的房間裡，到處都是動物。

「……這是怎麼回事……」

艾莉絲的聲音在發抖。

至於我，一方面對這房間產生疑問，同時也覺得既然有這麼多動物聚集在此，說不定我們要找的寵物也在這裡。

「瑞傑路德先生，有我們要找的貓嗎？」

「有，是那傢伙。」

他立刻回答。我望向瑞傑路德指出的地方……裡面裝著一隻像黑豹的動物。

好大，真的很大。比少女張開雙手比劃的尺寸還大了兩倍左右。

「真……真的是這傢伙嗎？」

「沒錯，你看牠的項圈。」

黑豹的項圈上的確寫著「小咪」兩個字。

「的確是小咪呢。」

……總之，委託達成。只要把這隻黑豹從籠子裡放出來，再帶回少女身邊就結束。

然而，其他的動物該怎麼辦呢？

觀察之後，發現戴著項圈或腳環的動物還不少。其中還有一些像「小咪」那樣寫著名字，不管怎麼看都是寵物。

房間角落裡隨便丟著繩子和嘴套之類的東西。

講到從繩子能聯想到的詞語，就是「捕捉」。

綁架別人的高級寵物，再高價賣到他處。這種買賣似乎也有可能存在。

我是不覺得這世界會有關於這方面的法律，但這的確不是什麼好事。

因為講得直接一點，就是偷竊行為。

「唔。」

瑞傑路德把臉轉向入口，艾莉絲也有反應。

「有人進來了。」

我因為動物叫聲太吵所以什麼都沒聽到。

瑞傑路德也就算了，艾莉絲能察覺還真行。

好啦，該怎麼辦呢？從入口到這裡不需要多少時間。要逃走嗎？不，根本無路可逃，只有這一條路。

「總之，把對方抓起來吧。」

我捨棄「和對方溝通」這選項。

我們是非法入侵者。雖然我認為這裡是犯罪現場，但也無法完全捨棄其實有什麼正當理由的可能性。

所以先把對方抓起來，如果是好人就透過交涉，是壞人的話就用拳頭來封住他們的嘴。

★★★

幾分鐘後。

我俯視著躺在房間角落的三個男女，共有兩名男性和一名女性。

我用土魔術讓三人全都戴上手銬，再潑水讓他們清醒。由於其中一個男子一直大吵大嚷，所以我拿旁邊的布把他的嘴巴封住。

其他兩人很安靜。不過基本上我還是把所有人的嘴都封住，這就是所謂的公平。

「……唔。」

我心裡突然湧上一個疑問。

好啦，為什麼會演變成這樣？我們應該是承接了E級的委託。

內容是尋找走丟的貓。

瑞傑路德說包在他身上，結果不知不覺就闖進了貧民窟。

後來進入貧民窟裡的房子，卻發現有很多動物被關在這裡。之後一回神，不知為何還抓了人。明明該抓的目標並不是人。

一切全都是人神的錯，那傢伙早就料到會變成這樣。

這下事情棘手了，早知道不該承接什麼找寵物的委託。

——總之，來觀察抓住的這三人吧。

男A

皮膚是橘色的，眼睛沒有眼白，而且是複眼。看起來有點噁心。大叫大鬧跟蟬一樣吵的傢伙。給人一種粗野的感覺，或者該說是看起來好像很擅長打架。

我總覺得曾在洛琪希辭典裡看過，但實在想不出種族名。

男B

不過還記得因為這種族的唾液有毒，我還產生過「那接吻時該怎麼辦？」的疑問。

長得很像蜥蜴，不過形狀和花紋和門口衛兵有點不同。實在很難從蜥蜴臉上看出表情，不過眼中透露出的知性神色讓我產生戒心。

女A

也是複眼，臉長得像蜜蜂，可以看得出來她很害怕。

果然讓人覺得噁心，不過身材誘人所以加加減減後算打平。

好啦，就算一直這樣俯視著他們也沒有用。

要交談……不，不必掩飾了。如果要「盤問」的話，該選誰才好？哪一個人會很乾脆地交出情報呢？男的，還是女的？

女性很害怕。只要稍微嚇唬她一下，說不定會全盤招認。

不，女人總是會說謊。為了讓自己獲救，會說一些支離破碎前後矛盾的謊話。雖然我知道並不是世上所有女性都這樣，不過至少我老姊就是那種人。至於我是一聽到那種謊話就會氣昏頭，沒辦法判斷內容真偽的類型。

所以，還是把女性除外吧。

那麼，要從男性中選一個。男A怎麼樣呢？在三人中擁有最健壯的體格，臉上帶著傷，看起來最擅長打架的他顯得相當亢奮。腦袋大概不太靈光吧，一直吼著些「你們這些混帳是幹啥的？」或是「快點鬆開手銬！」之類的發言。
男B又怎麼樣呢？雖然看不出他的臉色，不過他正在仔細觀察著我們，絕對不是個笨蛋。
如果不是笨蛋，應該也會想到在這種狀況下能說的謊話吧。
我選了男A。
因為我覺得既然他已經激動到失去冷靜，那麼只要稍微挑釁或誘導一下，應該就會把必要的情報全都招出。
算了，如果不行也還有兩個人。
「我有一些事想問你。」
「……」
我鬆開封住男A嘴巴的布，他瞪著我——但是什麼都沒說。
「只要你老實回答，我就不會動粗嗚哇啊！」
他突然動腳把我踹飛出去。正蹲著的我無法撐住，直接摔向後方。
然後翻了一圈，後腦撞上牆壁，眼前冒出細碎火星。
好痛，混帳！不過，這傢伙的腦袋真的很笨，居然在這種狀況下攻擊抓住自己的對手。
他沒有想到萬一惹火對方會導致什麼後果嗎？
「咦！等……等一下！住手啊！」
傳來艾莉絲的叫聲。我以為是男A對她做了什麼，所以立刻跳了起來。

該不會是他在我思考時已經掙脫手銬，還趁著瑞傑路德沒注意，抓住艾莉絲當人質……

「咦……！」

結果映入我眼簾的景象，是刺進男Ａ喉嚨裡的短槍。

瑞傑路德攻擊了男Ａ，艾莉絲是因為看到這一幕才瞪大雙眼那麼驚訝。

短槍往橫一轉被拔了出來，鮮血噴出，在牆上形成紅色斑點。

男Ａ往反方向轉了一圈，臉朝下趴在地上。他的喉嚨不斷流出鮮血，背上也滲出血液。紅色積水沿著地面向外擴散，血腥味也整個往上冒。

男子身體抽動一下，之後就再也沒有任何動靜。

他死了，還沒講任何一句話就死了。被瑞傑路德殺了。

「你……你為什……為什麼要殺他？」

我的聲音在發抖。這並不是我第一次看到有人死掉，基列奴上次也為了救我而殺人。然而，這次和那次有哪裡不同。

不知為何，我的身體在發抖，心裡在害怕。

（怎麼回事？我在怕什麼？）

怕看到有人死掉嗎？

怎麼可能！在這個世界裡，哪個人喪命根本是家常便飯的事情。我應該很清楚這種情況。是因為就算腦袋清楚，但第一次實際目睹還是另一回事？

那麼，為什麼基列奴殺死綁架犯時，我根本沒什麼感覺？

「因為他踢了小孩。」

瑞傑路德平靜地說道，這語氣就像是在表示他的行為很理所當然。

噢，是這樣嗎？我懂了，自己並不是因為看到有人死掉而感到害怕。

而是在害怕只是因為「小孩被踢」這樣的小事，就可以像呼吸般自然地奪走對方生命的瑞傑路德。

洛琪希不是也有說過嗎？

「人族和魔族在常識上有許多不同之處，你無法預測講了什麼話會成為讓對方發火的契機。」

沒錯。萬一瑞傑路德把矛頭指向我，該怎麼辦？

這傢伙很強。跟基列奴差不多，甚至更強。

我的魔術能打贏他嗎？要對抗應該是能辦到，我曾經針對擅長近身戰鬥的對手多次想像過模擬戰。保羅、基列奴、艾莉絲……我周圍的人物們每一個都是近身戰鬥的專家，瑞傑路德在其中恐怕是最強的一個。

所以，我無法帶著自信說自己能打贏。然而如果抱著要殺死對方的心態來打，就多的是可以使用的手段。不過，萬一……他的目標是艾莉絲呢？我能夠確實保護好艾莉絲嗎？

辦不到。

「不……不可以殺人！」

「為什麼？他是壞人啊。」

我慌亂地這麼一說，瑞傑路德就瞪大雙眼。那是打心底感到無法理解的表情。

「因為……」

該怎麼說明才好？我希望瑞傑路德怎麼做？

而且基本上，為什麼不能殺人？

我這人並不具備一般水準的道德心。還是尼特族的時代，我對「不可以殺人」這種話根本嗤之以鼻。雙親過世時也一樣，儘管有想到今後可麻煩了，但另一方面也覺得關我屁事，比起那種事情還是自○比較重要，我那時就是採取這種水晶男孩的態度。（註：角色出自漫畫《眼鏡蛇》中的「水晶人（Crystal Bowie）」，而原哏則是出自ふたば☆ちゃんねる中的惡搞合成圖）

像這樣的我就算主張不可以殺人，也只會是空有表面的言論吧。

「我……可以舉出不該殺他的理由。」

我正感到動搖，要有自覺，我正在不知所措。

有自覺之後要好好思考。首先，為什麼自己在發抖？因為害怕。一直以為是個善良好人的瑞傑路德很乾脆地殺了人。原本我已經認定斯佩路德族只是受到誤解的沉穩種族，但這想法錯了。

即使不確定整個種族是怎樣，但至少瑞傑路德不是那樣。他從拉普拉斯戰役的時代起就一直持續殺死敵人，這次也是那種案例之一吧。而且，我無法斷言他絕對不會把矛頭指向我或是艾莉絲。

我並不是那種能受到瑞傑路德認可的清廉潔白人物，總有一天會在哪件事情上不小心踩到他的地雷吧。他如果因為那樣而動怒並不要緊，因為想法不同而導致意見相異也是無可奈何的事情。或許還會吵架。

但是，我沒打算跟他鬧到動刀動槍。所以我是不是該趁現在這個階段，就先跟他把話好好講清楚，以確保以後無論發生什麼狀況，起碼都不會發展成必須拿命廝殺的場面呢？

「那個，瑞傑路德先生，請你好好聽清楚。」

可是，我還沒找到能用的理論，該怎麼說？

說什麼才可以確實說明？難道要懇求他不要殺我們兩個嗎？

也太蠢。

我之前說過我們是和他一起戰鬥的戰士，並不是受到他的庇護，而是互為同伴。所以不可以懇求。

不容分說地堅持不行殺人也是不妥的做法。除非瑞傑路德本身能夠認同，否則沒有意義。

快動腦，我是為了什麼才和瑞傑路德一起行動？是為了想辦法洗刷斯佩路德族的惡名。要是瑞傑路德殺人，就會導致佩路德族的形象變差，這推論應該沒有錯。所以我才會要求他不要和其他冒險者起衝突，因為斯佩路德族在人們心中的印象已經糟到不能再糟。

無論做了多少好事去改變他人的印象，只要斯佩路德族在眼前犯下殺人行徑，過去努力一定就會付諸流水，瑞傑路德的形象也會徹底完蛋。

所以不可以殺人，不可以讓其他人抱著「斯佩路德族很可怕」的觀念。

「只要瑞傑路德先生你殺了人，斯佩路德族的負面傳聞就會更擴散。」

「…………即使對方是壞人也不行嗎？」

「重點並不是被殺的人，而是下手的人。」

我一邊思考一邊斟酌用詞，慎重地說道。

「我無法理解。」

「因為斯佩路德族殺人跟其他人殺人的意義不同，被斯佩路德族殺掉就像是被魔物殺掉。」

瑞傑路德露出有點不高興的表情，或許他覺得我是在批評他的種族。

「…………我不懂，為什麼會變成那樣？」

「因為斯佩路德族被人認為是可怕的種族，是只要稍微看不順眼，就會立刻動手殺人的惡魔。」

雖然我也覺得這話說得太重，不過世間的看法的確是這樣。

而我們是想要改變這種觀念。

「要用嘴巴主張斯佩路德族並不是世間傳聞的那種惡魔是很簡單的事情。只要用行動實際表現，大多數的人都會改變看法吧。」

「……」

「可是一旦殺人，就會毀掉一切。人們應該會覺得斯佩路德族果然是惡魔吧。」

「怎麼可能。」

「你以前沒有碰過嗎？助人並建立起交情後，對方卻突然翻臉的狀況？」

「…………有。」

我一邊說，也慢慢歸納出心裡的想法。

「但是，如果你能完全不殺人……」

「會怎麼樣？」

「人們就會認為斯佩路德族也具備理性。」

真的會那樣嗎？在這個世界裡，會光是因為沒殺人就被認為有理性嗎？

不，現在不要想那麼多，我應該沒有錯。瑞傑路德殺了太多人，而斯佩路德族被認為是當然會殺人的種族。所以只要他不殺人，大概就可以改變這種看法。

這理論應該並不矛盾。

「請不要殺人。如果你真心為斯佩路德族著想，就不要殺任何人。」

什麼時候可以殺人，什麼時候不該殺人？正常來說必須做出判斷。然而我並不清楚這世界的判斷標準，而瑞傑路德的判斷標準恐怕過於嚴苛。

分處兩個極端，所以很難看出界線。

既然如此，乾脆全部禁止還比較省事。

「如果沒有人看到，又有什麼關係？」

聽到瑞傑路德的發言，讓我覺得很頭痛。因為沒人看到所以可以犯罪，這是哪來的小學生理論？這傢伙真的活了五百多年嗎？

「就算你認為沒人看到，但也不知道哪裡會躲著目擊者。」

「周圍真的沒人啊。」

啊，可惡！對了，他可以靠額頭上的寶石判斷。

「這次有人看到喔。」

「在哪裡？」

在這裡。

「我和艾莉絲不就看到了嗎？」

「唔……」

「請你不要殺任何人，我們也不想看到你就感到害怕。」

「……好吧。」

結果最後，還是演變成類似博取同情的形式。我對自己的言論根本沒有信心。

然而，瑞傑路德還是點頭承諾。

「麻煩你了。」

我對著他低頭敬禮。仔細一看，我的手在發抖。

冷靜，這種情況很普通。好，深呼吸。

「吸……呼……吸……呼……」

我一直沒辦法冷靜下來，心跳還是很快。艾莉絲的情況如何？是不是在害怕呢？我看向艾莉絲，發現她一副平靜的模樣。

還露出「因為事出突然而嚇了一跳，但是那種垃圾死了活該」的表情。不，我想再怎麼說她內心應該沒有抱著如此殘酷的想法，但她還是雙手抱胸，雙腳張開，下巴抬高，擺出熟悉的那個姿勢。

無論內心想法如何，艾莉絲都試著要表現出一如平常的態度。

結果我卻動搖成這樣，到底算什麼？

我發現自己的手總算停止顫抖。

「那麼，繼續審問吧。」

在充滿血腥味的房間裡，我勉強擠出笑容。

第十話「第一個工作結束」

那麼，現在是審問時間。

一男一女，要先審問哪邊才好？

眼睛像昆蟲的女子一看就知道非常害怕。她拚命地發出嗯嗯唔唔的聲音，想要逃離我們，這害怕的模樣真是讓人心癢難耐……這不是重點。

要是拿下嘴套，感覺應該會叫出什麼支離破碎的發言。

如果要審問，或許還是等她再冷靜一點之後再行動會比較好。

至於長的像蜥蜴的這個男性。

看表情實在看不出什麼結果，畢竟我不懂蜥蜴的表情變化。雖然總覺得他好像臉色發青，不過也覺得他似乎在仔細觀察周遭。

觀察我的臉色、瑞傑路德的臉色，還有艾莉絲的臉色。

我想他腦中一定全都在思考要如何在這種狀況下保住一條命。

如此一來，瑞傑路德殺了一個人的行動實在令我扼腕。讓那種腦筋簡單的傢伙老實招認是最輕鬆的發展。

要不要乾脆把兩人的嘴套都鬆開，一口氣審問兩人呢？還是要把其中之一帶到其他地方，分別審問，之後再對照雙方的情報呢？

好，採用後面這種方法吧。

「艾莉絲，請妳監視這個女的。」

「知道了。」

艾莉絲用力點頭。

我帶著蜥蜴男移動到走廊，不過一個人搬不動，所以有找瑞傑路德協助。來到聲音不會傳進房裡的位置後，我一邊注意不要被對方咬到，同時小心地拆下嘴套。

「請你回答我的問題。」

「我……我會回答，所以不要殺我！」

「可以啊，如果你願意好好回答，我就饒你一條命。」

「咿……是！」

我露出笑容想讓他放心，結果他卻更加害怕。

原本以為這傢伙出乎意料地冷靜，但其實不是那樣嗎？

「這房子裡的動物是怎麼回事？」

「是……是撿來的。」

「哦~還真厲害！那……你是從哪裡撿來的？」

「這……這個……」

蜥蜴男的眼神飄忽不定，觀察我和瑞傑路德的神色。

他還想說謊嗎？

「是……是在附近……」

這回答連謊話都算不上。雖然這傢伙的臉看起來好像挺聰明，但實際上或許沒那麼靈光。

「原來如此！畢竟這城鎮裡到處都有動物嘛！…………我說你這傢伙，看我是小孩所以在耍我吧？」

我瞪了他一眼。

「沒……沒那回事。」

不行，看來靠這個體型，就算想要威脅對方似乎也會顯得很蠢。

畢竟我才十歲，沒辦法。稍微動手好了。

「爆炸（Explosion）。」

我打響手指，讓男子眼前發生小規模爆炸。

「嗚哇好燙！」

他的鼻尖燒焦了。

「你……你……你做了什麼？」

我無視他的提問。

「我說你啊，先好好想一想再回答吧。你不是不想死嗎？」

或許是想到剛剛死掉的那個男子，蜥蜴男開始發抖。

這時我才注意到，之前和瑞傑路德對話時是使用魔神語。也就是自己用了這些傢伙能聽懂的語言，講了一堆斯佩路德族怎麼樣的發言。

算了也罷，既然已經曝光，只要拿來利用就好。

「我說，你懂吧？那個男子雖然把頭髮染成藍色，不過卻是如假包換的『Dead End』本人。我的年齡也不是只有外表看起來的歲數。」

「本……本人……？」

「我們和你們是同類。你還是老實招吧，說不定我們還能夠幫上忙。」

我試著把話題帶往另一種方向。

「不過……咿！」

男子瞄了瑞傑路德一眼，又立刻轉開視線。

大概是被他反瞪吧。

「快說。你們，是在這裡，做什麼？」

「把……把寵物抓來……」

「哦？然後呢？」

「等飼主發出尋找寵物的委託後，再送回去裝成是我們幫忙找到的。」

「原來如此啊。」

這一定是真話。雖然沒有確實的證據，但這些行為前後說得通，所以讓人能夠接受。

雖然這次的委託人是個惹人憐愛的少女，不過應該也會出現「尋找有錢貴婦的克莉絲汀寶貝」之類的委託吧。

公會的報酬似乎是根據層級來訂出上下限，不過或許也有委託人會另外提供特別報酬。只要運氣好，找寵物大概也能賺錢。

「那麼，要是沒有人提出尋找委託，你們會怎麼處理這些動物？」

「過了一陣子之後，就會放走牠們……」

「哦？賣給寵物店不是比較划算嗎？」

「哈！要是做那種事，有可能會被尋線追查到啊！」

男子囂張地嘲笑我，這瞬間瑞傑路德把短槍的槍柄底部重重敲向地面。

蜥蜴男嚇得身體一震。

不愧是瑞傑路德，在對方得意忘形的瞬間，就讓他回想起自身的立場。這威脅的時機真的太精準了！

「你們相當慎重嘛。」

「是……是啊。」

「不過如果是我，會把抓來的動物賣掉。先肢解之後再賣給肉舖，這樣的話就不會留下線索吧？」

既然這世界能把魔物的肉當成美食，那麼就算不是家畜應該也能賣掉吧？

啊，蜥蜴男露出一臉感到難以置信的表情。

為什麼！大王陸龜的肉跟寵物烏龜的肉根本沒什麼不同吧！

「魯迪烏斯，你打算把這些傢伙也肢解後賣給肉舖嗎？」

回頭一看，瑞傑路德對我講出可怕的提問。

原來如此，這蜥蜴男大概也是想像到那種情況。

「這或許是個好主意……」

我稍微恐嚇他一下，只見蜥蜴男的臉整個繃緊。

噢，這表情我懂。好懷念啊，生前別人常對我做出這種表情。

「魯迪烏斯……」

瑞傑路德先生，請不要從後面瞪人。

我能感覺到你的視線，剛剛只是開玩笑，我不會真的那樣做。

「算了，我們只是來找一隻貓，也不是正義的一方。所以，其實也可以當作什麼都沒看到，直接離開。」

「真……真的嗎？」

「不過，你們已經知道瑞傑路德是真的斯佩路德族。這下該怎麼辦呢？」

「我……我不會告訴任何人！而且就算說 Dead End 在城鎮裡，也不會有人相信吧！」

「不，會有人相信，因為壞事總是能傳千里嘛。」

尤其是對人不利的壞消息更容易傳開。抱著這種判斷並沒有壞處。

「以我來說，把你們全都殺光再埋起來，應該是最省事的做法吧。」

「饒……饒了我吧……我什麼都肯做，拜託你饒我一命……！」

既然對方已經說出「什麼都肯做」，應該威脅到這邊就可以了。

不過，好啦，到底該怎麼辦呢？他們是寵物綁架犯，換句話說是壞人。話雖如此，聽起來像是沒有後台的小惡棍。即使丟著不管，也不會有什麼嚴重影響吧。

然而，這兩人是看到瑞傑路德殺人的目擊者。如此一來，對於要讓瑞傑路德受到歡迎的作戰計畫，他們有可能會成為障礙。我想先排除後顧之憂。

可是不能殺了他們，畢竟我才對瑞傑路德說過不可以殺人。

交給城鎮衛兵處理的方案如何呢？

不行，他們頂多是寵物綁架犯。即使交給警察，或許也不算是什麼多嚴重的罪行。萬一受到的懲罰是不上不下的罰金，說不定他們反而會把帳算在我們頭上。就算現在的態度值得肯定，不過俗話說好了傷疤忘了疼。

可以的話，希望能讓他們待在我們監視得到的地方，然後定期威脅一下。

至少在確定這些傢伙沒問題前都要那樣做。

然而，這種做法也有風險，持續受到威脅有可能會導致還怒變成完全的憎恨。畢竟我方已經先動手殺了他們其中一人，即使現在是恐懼心的來源，但遲早肯定會變成憎恨的原因。

不管是殺死他們還是交給警察都行不通。

那麼，要拉攏他們嗎？把這兩個傢伙放在身邊，讓他們幫忙我們賺錢、升級，還有收集城鎮內的情報以及負責各種雜事。甚至由我們接手綁架寵物這買賣也不錯。

不過，瑞傑路德對最後這方案應該不會表示贊同。

畢竟這些傢伙在瑞傑路德心中是可以乾脆殺掉的壞蛋，想必不願和他們一起行動。

唔～

來整理各項方案的風險和收益吧。

一、殺掉他們

風險：瑞傑路德會感到混亂＋可能會養成一旦發生問題只要殺人就能了事的壞習慣。

收益：沒有後顧之憂＋可以搶走他們的錢。

二、交給衛兵

風險：可能會被他們懷恨在心。

收益：說不定可以得到一點點好名聲。

三、**丟著不管**

風險：可能會被他們懷恨在心。

收益：沒有。

四、**拉攏他們**

風險：同伴們無法認同＋可能會被別人認定我們也涉足壞事。

收益：能夠就近監視這兩人＋人手增加。

關於第一種方法，為了今後著想，總覺得不太妥當。

雖然我並不是正義的一方，但不管三七二十一就殺人是放棄思考的行為。總覺得有一天會遭到嚴重報應。

第二種和第三種是低風險和低收益。

就算被懷恨在心，只要有瑞傑路德在，要找出他們不是難事。不過到頭來還是要殺人，等於費兩次工夫。

果然還是只能選第四種嗎？

就算會導致瑞傑路德對我的評價變差，但我們也抱著急需賺錢的迫切問題。

沒錯，重點是錢，我們現在需要錢。如果想賺錢，多點人手是好事。可以幫忙他們的綁架寵物買賣，或是讓兩人加入隊伍，分頭進行F級的工作。因為升級很重要，至少要升到能承接C級以上委託的層級，這樣我們的狀況應該就能穩定下來。

……………嗯？

「你說你們承接委託然後把寵物還給主人，所以你們是冒險者嗎？」

「是……是啊。」

什麼，這些傢伙居然是冒險者。

「層級呢？」

「D級。」

而且層級似乎比我們還高。

「明明是D級結果還在接E級的工作？」

「嗯，雖然已經可以升上C級，但E級的找寵物委託可以有穩定收入。」

一旦升到C級就不能承接E級的委託，所以留在D級，靠E級的委託來穩定賺錢……原來也有這種人啊。

不過這些傢伙的情況跟詐欺沒兩樣啦。

如果是我們，一定會立刻升到C級，然後承接B級的討伐委託。不過大概也有不擅長戰鬥的冒險者吧。嗯，我看乾脆讓他們去承接Ｃ級的工作，再由我們幫忙完成。至於報酬就兩邊平分，還能解決缺錢的問題。

不，那樣一來，我們的公會層級無法提升。

「啊……」

對了，我想到一個好主意。

這時，一股電流竄過我的大腦。

「我說你們……少了剛才死掉的那傢伙還能繼續幹這行嗎？」

「不……我決定要停止這種行為，去做正經……」

「快點老實回答。」

「可以繼續！因為那傢伙只是發現我們在做這個，就跑來威脅說要分一杯羹！」

真的嗎？那我們運氣還真好……

意思是我們正確猜中了三分之一，這也是人神的意向嗎？

「好，那你們和我們聯手吧。」

我才剛說完，背後的瑞傑路德立刻大吼：

「聯手？你在說什麼！」

「瑞傑路德先生，能請你安靜一點嗎？」

「什麼！」

「我不會做出對我們不利的事情。」

「……」

回頭望去，瑞傑路德的臉色果然很難看。雖然我覺得是個好主意，不過是不是還是放棄比較好？

然而，這個計畫很完美。能存錢，也能提升層級，還可以拉高瑞傑路德的評價。一個可以滿足所有需求的完美計畫……應該是這樣沒錯。

我重新轉身面對蜥蜴男。

「剛才你說過什麼都肯做吧？」

「如……如果可以饒我一命，我……我願意付錢。」

「我不要錢，不過代價是，你們要去升一級。」

「啥？」

我開始說明：

「你聽好了。正如你所見，我們幾個全都是戰鬥系。雖然要找寵物也不是不行，但還是討伐系委託的效率比較好。」

「說……說的對……是說，你們為什麼會接下這種工作？」

「因為一些事情，我們才剛成為冒險者。」

「噢……」

「好了，這種事不重要。」

話題快偏了所以我拉回正題。

「所以啦，我們想承接戰鬥類的委託，卻因為層級太低而不行。相反的，你們是無法處理戰鬥類的委託。講到這邊還可以理解嗎？」

「嗯。」

「所以，彼此要交換工作。」

聽到要交換工作，蜥蜴男稍微歪了歪腦袋。

「這……這話是什麼意思？」

「你們去承接C級或B級的戰鬥類工作，而我們則為了提升層級去承接尋找寵物的委託。然後，我們來解決你們的工作，你們去達成我們的委託。」

「請……請等一下，怎麼能讓別的隊伍去報告承接的結果……」

「笨蛋！報告時要由承接工作的隊伍自己去啊！」

「啊！」

男B似乎終於聽懂了。

我們：承接E級的委託，處理B級的工作。然後回報E級工作並領取報酬。

他們：承接B級的委託，處理E級的工作。然後回報B級工作並領取報酬。

就是這種形式，最後再交換報酬。

雖然在公會規約上可能會有問題，但是我聽說有時候高層級的人會去幫忙低層級完成依賴，我們只是要反過來進行而已，沒有做什麼違法的事情。

「我們想要錢也想要升級，你們想要安穩的生活，這就是所謂的 Give and Take。要不然也可以從B級委託的報酬裡抽一些分給你們。」

「可……可以分到B級委託的報酬……」

蜥蜴男嚥了一口唾沫。

B級的報酬很高。

這是恩威並濟，只有施壓會遭到背叛，要把利益也分給這些傢伙。

必須讓他們覺得和我們聯手可以嚐到甜頭。

「但是，我有一個條件。」

「條……條件？」

「嗯，你們要幫忙宣傳『Dead End』的名聲。」

「叫我宣傳……可是根本沒有人不知道這名字吧？」

我想也是。

「要講好話啊。說謊也沒關係，總之要宣傳我們擁有良好的品行。甚至你們還可以去進行

F級的委託，然後自稱是『Dead End』。」

「為……為什麼要做那種事……？」

問我為什麼嗎？要是把瑞傑路德的過去仔細告訴他，這傢伙會相信嗎？

不，大概沒可能。因為瑞傑路德不久之前才在這傢伙面前殺了他的同夥。

就算他們之間的關係似乎不是很好，但是在這傢伙心裡，應該已經留下「斯佩路德族很恐怖」的感情。

「有些事情還是不要知道會比較好喔。」

「……我……我懂了。」

我只是隨口講講，但他好像能理解。

「所以我們只要幫你們宣傳就行了？」

「就是那樣。不用說，可別在狀況不對的時候自稱是『Dead End』喔。我們這裡有能追殺你們到天涯海角的傢伙。」

男子看了瑞傑路德一眼，然後拚命點頭。

「那就好好合作吧，直到我們升級為止。」

「啊……嗯。」

「明天早上在冒險者公會集合，可別偷懶。」

我拍了拍他的背。

我姑且也有審問另一個女的，然後對照雙方證言。

他們似乎是尋找寵物的專家，從以前就靠這種工作過活。

有一次，兩人保護了顯然是走丟的寵物，然後想到要是看到寵物就先抓起來的話，或許能省下一些工夫。

後來越來越不知節制，最後就走上綁架寵物這條路。

原本只有兩人低調地進行，不過有一天在抓寵物時被男A看到。

於是男A自稱要當保鑣並強行加入隊伍，之後直接擺出領導人架子，並擴大事業規模。而且還和女性上床說是代替保鑣費，也拿走比較多報酬。

所以我們殺掉那傢伙的行為並沒有引起太多恨意，至少以那個女性來說是這樣。

運氣真的很好。

順便說一下，蜥蜴男叫作賈利爾，蟲女的名字是威絲凱爾。

我和他們簡短地討論完後，為他們鬆開手銬。

★　★　★

帶著貓離開建築物後，瑞傑路德狠狠瞪著我。

「喂！剛剛那是怎樣！」

「什麼東西是怎樣呢？」

他一把抓住我的領口，我的身子懸空。

「別裝蒜！那些傢伙是惡棍！結果你卻和他們聯手？」

瑞傑路德是真的動怒。

他的表情好恐怖。看到這張臉，讓我回想起這傢伙才剛殺掉一個人。

「他……他們的確是惡棍，不過只是小惡棍，並沒有做太壞的事情。」

「和壞事的程度無關！惡棍就是惡棍！」

我應該早就預料到會演變成這種情況，結果不知道為什麼，我的腳在發抖。

聲音也在發抖，眼角還積著淚水。

「因……因為這個計畫可以一箭雙鵰……」

「……那又怎麼樣！」

瑞傑路德似乎無法信服。

不妙，因為太害怕所以腦袋停工了，只有牙齒打顫的聲音占據了整個大腦。

「惡棍會背叛我們！」

瞪著我的瑞傑路德如此大吼。

背叛，我有考慮到這個可能性。

然而，這是對他們也有好處的事情。而且我還多次威脅過那兩個傢伙，短期之內應該沒問題。

「居然和那種傢伙合作，你到底在想什麼！」

聽他這麼一說，我自己也有點動搖。

沒錯，其實不聯手也無所謂。

只要花更多時間就行了。錢不夠用的時候就去平原狩獵魔物，然後一點點達成委託，慢慢提升層級。

那樣做也沒有問題。就算不利用那些傢伙，也有辦法解決。

只是會有點繞遠路，如此而已。

果然還是停手比較好嗎？要現在立刻回頭把那些傢伙殺光嗎？

要在血海裡享受海水浴嗎？

真讓人猶豫，我的做法是正確的嗎？

「瑞傑路德！」

我的猶豫被大叫聲給打斷。

隨著衝擊耳朵的吼叫，瑞傑路德的身體也晃動了一下。

「你快點放開魯迪烏斯！」

艾莉絲正踢著瑞傑路德的屁股，而且還一腳接著一腳。

「你到底在不滿什麼！」

她的大吼讓我的鼓膜不斷振動。

好奇發生什麼事的周圍人們也看向這邊。

「我不喜歡和惡棍合作。」

「只是因為不喜歡就要抱怨？這些全都是魯迪烏斯為了我和你才去做的事情耶！」

瑞傑路德睜大雙眼。我的身體也總算往下回到地面。

於是，艾莉絲也停止踹人，不過繼續大吼大叫。

「基本上，你倒是說說看綁架動物算什麼大罪？」

「不是，像那種會踢小孩的傢伙……」

「我也會踢人啊！」

「……但是，壞事就是壞事。」

「你自己以前還不是做過壞事！」

瑞傑路德無言以對。

艾莉絲小姐，我很高興妳願意站在我這邊，但是過度針對那種核心部分其實不太好喔。

「魯迪烏斯很厲害！只要交給他，一切都會順利進行！所以你給我乖乖聽話！」

「……」

「別因為有點看不順眼的事情就抱怨！」

「不……」

「如果要抱怨，你就走啊！只有我和魯迪烏斯也能活得下去！」

面對艾莉絲那拚命的表情，瑞傑路德表現出明顯的狼狽反應。

「……我明白了，抱歉。」

結果，瑞傑路德向我道歉。

感覺是被艾莉絲的氣魄壓倒。

我想他絕對沒有真心信服。

「不……沒關係……」

話說回來，感覺困難度一口氣提昇。

這氣氛讓我沒辦法說出自己其實在猶豫，或許和那些傢伙合作是輕率行徑。

不過事到如今，已經無法改變意見。雖然心中滿是不安，也只能做下去了。

只能相信一開始認為這是好主意的自己，並繼續進行下去。

雖然我本人正是最不值得信賴的對象……

★★★

把貓送回去之後，委託人梅賽兒非常高興。

她一看到貓就衝了過來，抱住貓流下眼淚。

應該非常寶貝這隻動物吧？貓也很乖巧，不過其實是黑豹啦。

「謝謝！對了，這個拿去！」

她遞給瑞傑路德的東西，是一張不知用鐵還是用什麼製成的卡片。表面寫著像是委託編號的數字和「完成」這兩個字。

「這是？」

「你們是冒險者卻不知道嗎？」

少女露出感到難以置信的表情。

我……我也可以好心允許妳教導我們啦。

「如……如果方便的話，請告訴我這是什麼。」

「就是啊，把這個拿去冒險者公會後，就可以換錢喔！一開始沒有寫完成！可是啊，把手放在什麼都沒有的地方然後說『完成』，就會變成這樣喔！」

翻譯一下就是「只要把手放在卡片上講出『完成』，就會變成完成狀態」吧。

原來如此，這是防盜措施嗎？不對，要是我自己喊完成是不是也行得通？

那麼只要偷走卡片，設定為完成之後再去領錢……

不，會立刻被抓包吧，應該有針對這點防範。

「可是，這卡片好像一開始就寫了完成？」

正常來說應該會在達到委託的同時才把卡片設定為完成狀態吧？
「嗯！因為我認為瑞傑路德一定會幫忙解決，所以先完成了！」
哎呀真是的，這女孩好可愛啊。充滿信賴的少女真美麗！
瑞傑路德摸了摸少女的頭。
「是嗎……妳相信我啊，謝謝。」
「不客氣！因為我現在知道惡魔裡也會有好人！」
聽到惡魔這兩個字，感覺瑞傑路德的表情似乎有一瞬間凍結。
雖然我能體會瑞傑路德的心情，但是你現在的評價就是這麼回事。
「那麼小姐，請妳一定要記得『Dead End』的瑞傑路德。」
「嗯！要是小咪又跑出去的話再麻煩你們！」
聽到少女的發言，讓我內心隱隱作痛。

★　★　★

回到冒險者公會時，已經是夕陽西下的時分。如果每次都這樣，我們馬上會破產。
「什麼啊……喂喂！那些傢伙回來了！」
「喔？有找到走丟的寵物嗎？」

一進入公會建築，那個馬頭男立刻搧風點火。雖然他長得很像米諾陶洛斯但腦袋卻是馬，非常有特色所以我有留下印象。

是說，這傢伙該不會一直待在公會裡吧？

「咦？你是早上那個馬頭的人……今天沒去工作嗎？」

我有點怕這傢伙，他很像以前霸凌我的人。

該怎麼說？就是那種：「我接下來要霸凌這傢伙，所以大家也一起來吧！」的感覺。

「怎……怎麼了？突然講話這麼客氣，真讓人不舒服……」

哎呀糟了，我忘記演戲。想辦法騙過去吧。

「對提供建議的前輩表示敬意是當然的行為吧？」

「噢……是嗎？」

馬面男有點不好意思，這傢伙真好對付。

「託福，我們順利完成了委託。」

「什麼？」

我把寫著完成的卡片在他面前晃了晃，馬面男就率直地表示佩服。

「真了不起。在這城鎮中，走丟的寵物通常很難找到。」

我想也是，畢竟失蹤的理由是人為因素啊。

「沒什麼，對於『Dead End』的瑞傑路德來說，這只是小事。」

「真的假的……明明是冒牌貨，還挺有一套嘛。」

「我不是說過是真貨嗎！」

我在最後演了一下粗暴口氣，然後前往櫃台，把完成卡片和三個人的冒險者卡片都交給職員。等待一陣子之後，冒險者卡片被交還給我，還附上一枚類似百元日幣但看起來很廉價的硬幣。

往回走的我發現馬面男正在找瑞傑路德搭話。

「喂~說一下你是怎麼找到寵物的吧？讓我參考參考。」

「我只是使用了狩獵的追蹤術。」

「狩獵！你說你是哪個部族？」

「……斯佩路德族。」

「跟真的一樣。我知道你是什麼部族，只要看這項鍊就知道。」

馬面男的視線盯著瑞傑路德胸前那條洛琪希的項鍊。

「我叫諾克巴拉，是C級。」

「我是瑞傑路德，F級。」

「我知道你是F級！算了，要是碰上不懂的事情，什麼都可以來問我！身為前輩，我一定都會告訴你！嘎哈哈哈！」

瑞傑路德和馬面男（諾克巴拉）似乎談得很愉快。那個被人厭惡的瑞傑路德有機會和他人交談雖然是好事，不過我擔心他會不會說出什麼不該講的發言，或是突然抓狂攻擊對方。尤其是希望對方千萬別提到關於小孩子的話題。

講到擔心，坐在旁邊的艾莉絲也讓我擔心。好像偶爾也會有人找她搭話，但是因為她聽不懂所以都不會回應。

「我說，妳那把劍不錯耶，是在哪裡拿到的？」

「………」

「妳也說點什麼啊！」

我注意到有一名女戰士因為被無視而發火。

「有什麼問題嗎？」

我趕緊介入兩人，於是女戰士丟下一句「嘖！沒事！」就離開了。

然後換成諾克巴拉跑來搭話。

「小子，有沒有確實領到報酬啊？」

「嗯，屑鐵錢一枚。這是我們第一次賺到的收入。」

「哈哈，果然很少呢。」

「這是小女孩竭盡全力支付的零用錢，不可以那樣說。」

「但的確是很少啊。」

「以金額來看的確很少啦。」

那個年幼少女為了找貓咪而砸破存錢筒。只要想像這種光景，就可以明白屑鐵錢一枚這金額其實並不便宜。

「你無法理解這份價值。請你走開吧，去去去。」

「什麼啊，真冷淡！算了，好好努力吧！」

諾克巴拉邊揮著手，邊開始在公會裡到處亂晃。這傢伙到底是做什麼工作的……

不管怎麼樣，我們完成了第一件委託。

第十一話「順利的起頭」

隔天，來到冒險者公會後，蜥蜴男主動前來搭話。

「啊，各位好。我們已經把層級升上去了。」

我一瞬間還想說這傢伙是誰，不過旁邊站著眼睛像昆蟲的女性，讓我總算發現他們是昨天的寵物綁架犯。

記得是叫作賈利爾和威絲凱爾吧？光看臉實在很難區別，畢竟這城鎮裡有很多蜥蜴頭。另一方面大概是因為他昨天穿著普普通通的布製服裝，今天卻穿著有冒險者風格的皮製鎧甲。

雖然兩邊都是沒什麼特別的一般服裝，但給人的印象卻整個改變。

「噢，賈利爾先生嗎？辛苦了。」

「怎……怎麼回事？這種講話方式真讓人不舒服……」

「是敬語，有什麼不妥嗎？」

「不……」

我瞪了他一眼，賈利爾就把視線移開。

「威絲凱爾小姐，從今天起也要請妳多關照。」

「啊……是。」

威絲凱爾依舊很怕瑞傑路德，瑞傑路德也還是惡狠狠地瞪著他們。算了，也沒辦法。

「那麼，我們進去吧。」

「啊……噢。」

雖然看起來有點不安，但賈利爾還是點頭回應我的提議。

一走進冒險者公會，馬面男立刻眼睛很利地發現我們並靠了過來。

「喲！」

「…………你好。」

這傢伙，今天也待在公會裡嗎……真的不知道平常是做啥的。

「哎呀，今天『P-Hunter』也一起嗎？」

「啊……嗯，諾克巴拉，好久不見。」

看樣子馬面男和蜥蜴頭互相認識。

「好久不見。賈利爾，我聽說你們把層級升到C了。沒問題嗎？C級可就沒辦法找寵物了喔。」

諾克巴拉先講到這邊，才來回看著我們和賈利爾，接著發出馬的嘶鳴聲。

「原來如此啊，難怪你們可以那麼快找到寵物。昨天的委託是靠『P-Hunter』幫忙吧？」

P-Hunter 似乎是賈利爾他們的隊伍名。原來如此，這樣正好。

「就是這樣！昨天在找寵物的過程中結識了這兩位！他們說要教導我們找寵物的訣竅！」

我隨便扯了幾句謊話。

「哈哈～膽小鬼賈利爾終於有徒弟了嗎！而且還是冒牌斯佩路德族，噗呼呼……！」

這傢伙自己誤解出合理的解釋，真好對付。馬面男笑了一陣之後，看向賈利爾的後方。

「話說回來，怎麼沒看到羅烏曼？他怎麼了？」

「啊……噢……羅烏曼他……死了。」

「是嗎？真是遺憾。」

羅烏曼應該是指昨天被瑞傑路德殺掉的人吧？

即使得知那傢伙的死訊，諾克巴拉的反應也很乾脆。

或許對冒險者來說，哪個人死掉並不是什麼大不了的事件。是不是只有我特別在意呢？話說回來，賈利爾和威絲凱爾對於羅烏曼被殺的事情似乎也不是那麼介意。

「但是，既然羅烏曼死了，為什麼還要把層級往上升？在你們的隊伍裡，那傢伙的實力最強吧？」

「這……這是因為……」

看到賈利爾瞄了我一眼，諾克巴拉以一副心領神會的態度點了點頭。

「啊～啊～我懂了，你不必解釋。也是啦，在弟子面前總是多少會想擺出架子嘛。」

諾克巴拉自顧自地做出結論後，拍了拍賈利爾的背，回到公會內部。賈利爾鬆了口氣。

不過，那傢伙到底是怎麼回事？總是來糾纏我們，該不會是喜歡我吧？不，那傢伙的眼神比較常看著瑞傑路德，換句話說是個homo……怎麼可能。

「好了，來去看看委託吧。」

往公會內部前進後，也有一些傢伙會用奇異的視線望著我們。

目前先全部無視。不過基本上，我覺得還是裝出弟子態度會比較好，所以一邊對賈利爾提出各種問題，同時和他一起確認D～B級的委託。

「採取和收集有什麼不同？」

「咦？噢……採取是針對植物，而收集通常對象是魔物吧……」

賈利爾前輩的回答很含糊。不過的確，看起來是這種感覺。

如果對象是生物就是收集，不是生物的話則是採取……吧？

「啊，對了。瑞傑路德先生。」

「什麼事？」

「雖然很抱歉，但是短期內我想先存錢並提高層級。」

「……為什麼要特別向我報告？」

「因為那件事情會往後延。」

我是有吩咐賈利爾和威絲凱爾幫忙宣揚名聲，但實際上並不是太過期待。

原本有想到可以要求他們以恭敬態度來進行委託，不過基本上，我還是打算完全不干涉兩人的行動。

因為只要保持不干涉的立場，萬一他們做了什麼，到時也可以堅持我們完全不知情。例如就算他們的犯罪行為遭到揭發，或是聲稱一切都是受到瑞傑路德的指使，但畢竟他們的冒險者層級遠高於我們，大家也已經很清楚瑞傑路德是個冒牌貨。所以到頭來只有他們會遭到嘲笑。

「原來如此，我知道了。」

獲得瑞傑路德的同意後，我和賈利爾進行討論，並承接了幾個委託。

★　★　★

和門口衛兵打過招呼後，我們離開城鎮。

在這個城鎮附近，可以作為目標的魔物據說是帕克斯郊狼、毒酸狼、大王陸龜和巨岩石龜（Giant Rock Turtle）。

帕克斯郊狼可以取得毛皮，毒酸狼是牙齒和尾巴，大王陸龜是肉，巨岩石龜會有魔石。

總之，這次先無視大王陸龜。因為肉很重。

最好的目標是巨岩石龜，就算是小顆的魔石，也能變賣到不錯的價錢。以體積來看，在價錢方面的效率很高——然而，巨岩石龜的數量不多，也不會出現在人類住處附近。

所以到頭來，會成群行動讓人能透過一次戰鬥打倒許多數量的帕克斯郊狼就成了主要的目標。這次我承接的委託也是收集帕克斯郊狼的毛皮。

不過呢，帕克斯郊狼的好處只有戰鬥一次能打倒多隻而已。考慮到搜索敵人和剝皮的時間，其實和狩獵毒酸狼也沒有太大差異。所以要是碰上毒酸狼，我們也預定會將其打倒。

雖然沒有承接委託，不過收集任務可以先收集實際物品再接案。

萬一委託已經被其他人搶走，也只要拿去收購櫃台就好。

一個帕克斯郊狼集團頂多會出現十隻。

所以我一開始認為，扣掉搜索敵人和剝皮的時間，一天能獵到的數量大概不多吧。

但是打倒最初的帕克斯郊狼集團，把毛皮剝完之後，瑞傑路德開始把屍體集中到一個地方。我看不懂他這樣做有何用意。

「你能用風魔術把血腥味送出去嗎？」

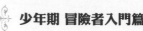

聽到這句話才總算理解，他是要利用鮮血的味道來吸引其他魔物。於是我按照瑞傑路德的指示，利用風魔術來多次改變風向。

「雖然無法獵到巨岩石龜，但周圍的帕克斯郊狼都會聚集過來。」

情況果然如他所說。

那一天，我們打倒了一百多隻帕克斯郊狼。甚至讓我覺得這附近的帕克斯郊狼說不定已經被我們殺光。

可是，真的很辛苦。

面對逼近的帕克斯郊狼，由瑞傑路德和艾莉絲負責持續獵殺。

至於我，則是專心從屍體上剝下毛皮。

這是很費體力的勞動。超過三十隻後，我的手臂就變得像鉛一樣沉重，肩膀也很痛，還因為血腥味而不斷作嘔。要是魔物被打倒後會直接變成寶石那有多輕鬆啊……我一邊這樣想一邊繼續奮鬥，但是在七十隻左右到達極限。

之後，我和艾莉絲換班。

用魔術殺死帕克斯郊狼比剝皮作業輕鬆多了。一開始不小心把魔物炸爛，後來為了避免毛皮受到多餘傷害，我一邊慢慢調整魔術威力，同時慎重地將帕克斯郊狼一隻隻分別打倒。

正覺得自己果然還是比較適合這種頭腦勞動，處理完三十隻左右的艾莉絲卻開口叫苦。

果然她似乎不擅長這種會讓人肩頸疲勞的作業。原本以為接下來要換瑞傑路德去剝皮，不過我們已經取得了夠多的毛皮。而且還因為沒有辦法一口氣搬回去，只能來回跑個幾趟。

「等等，在移動前先把屍體燒了。」

開始搬運前，瑞傑路德這樣說道。

「放火燒？要烤來吃嗎？」

「不，帕克斯郊狼很難吃，只要燒過後掩埋就好。」

據說要是丟著屍體不管，會有其他魔物吃掉屍體並增加數量；如果只有放火燒，其他魔物還是會來吃。至於直接把屍體深埋進土裡的做法，好像會變成殭屍郊狼復活。

為了避免這些情況，必須要按照先燒再埋的步驟處理。

把毛皮剝乾淨↓故意製造出殭屍郊狼↓公會貼出討伐委託↓討伐。

我想到了這種黃金般的連鎖發展，卻遭到瑞傑路德阻止。據說故意增加魔物的行為被視為禁忌，這種當地規矩真應該在哪個地方好好寫明。

「不過，我們旅行的途中並沒有這樣處理吧？」

「如果只有幾隻就沒問題。」

好像是這麼一回事。雖然我也不知道多少數字是界線，不過這麼大量的屍體也有可能變成傳染病的源頭。沒什麼拒絕的理由，我把屍體確實燒成焦炭。

把所有的毛皮都搬完後，太陽已經開始下山。
今天的狩獵行動到此結束。勤奮工作過後，我好想快點回到旅社休息。
不過，明天也要進行那個沒完沒了的剝皮作業嗎？起碼明天真想徹底放鬆休息……
「今天賺了好多錢！明天也要以這種感覺繼續下去！」
艾莉絲的精力充沛。在這樣的她面前，我也不能示弱。

★★★

三天後，「Dead End」很快就升上了E級。
「辛苦了。」
我一邊慰勞賈利爾，同時把今天狩獵報酬的一成交給他們。
「謝……謝謝。」
一成，我認為這金額絕對不算多。我忍不住問他們光靠這點錢真的能過活嗎？才知道賈利爾除了冒險者身分，其實在這城鎮裡還有其他工作。
「什麼工作？」
「開寵物店。」
原來如此，所以是把賣出的寵物再拐走嗎？真是奸商。

「別做太多壞事。」

「我知道。」

基本上，他經營的寵物店似乎是捕捉城鎮裡的野生動物，經過一些訓練後再馴化成寵物。賈利爾的種族「路格尼亞族」是擅長馴服動物的種族，據說他的馴服技術是從以前代代承繼至今的傳統，從路邊野狗到擁有高傲自尊的獸族女戰士，無論面對什麼目標都能夠讓對方屈服。

哎呀，真是個不知道該怎麼說的種族。

要不是艾莉絲和瑞傑路德也在場，我肯定無法保持沉默。

一定會磕頭拜師，求他務必把這項技術傳授給我。

總之，先把這事放到一邊。聽說所謂的寵物店，還是兼營驅除有害野獸的了不起行業。

「既然負責這麼棒的工作，為什麼還要綁架寵物……」

「一開始只是保護走失的寵物而已，後來就鬼迷心竅……」

鬼迷心竅，又嚐到甜頭，然後就演變成那樣了嗎？

「不過，要同時顧及寵物店和冒險者應該很辛苦吧？」

「也不會啦，因為寵物還有庫存。」

他採用的方式似乎是先開店到中午過後，之後直到晚上的時間都用來處理委託。

「嗯，只要你們能確實完成委託，我們是沒有什麼意見啦。」

「這方面請包在我們身上。雖是小卒，但我們畢竟也是冒險者。而且也有在確實推廣 Dead

End的名字。」

真的是這樣嗎？

★★★

由於金錢方面總算稍有餘裕，所以我決定去購買平常穿的服裝和防具。

首先，我隨便找附近的行商攤位購買衣服。

艾莉絲動作很快。由於她的基準是「輕便又容易活動而且耐用」，所以很乾脆地買了一條不太時尚的長褲。

雖然我明白這是很理解狀況的選擇，但又覺得至少該買一件比較有女孩味的服裝，所以試著向她推薦放在攤位角落的輕飄飄粉紅色連身裙。結果艾莉絲露出明顯的厭惡表情。

「……你希望我穿這種服裝？」

「起碼有個一件應該也不錯吧？」

「那魯迪烏斯你自己也買一件有男子氣概的服裝啊。」

我差點被迫穿上活像山賊的毛皮背心。

要是我肯穿這個，艾莉絲就會穿輕飄飄的連身裙。我腦中一瞬間閃過那樣似乎也不錯的念頭，但是又想像到兩人站在一起的模樣，最後決定放棄。

買完衣服後，我們前往防具店。

艾莉絲到目前為止還不曾受過什麼嚴重傷勢，再加上我會使用治癒魔術，受點輕傷也能馬上治好。因此我原本覺得應該不需要防具，然而瑞傑路德卻主張我的治癒魔術無法治好致命傷或是身體缺損，而且艾莉絲的實戰經驗尚淺，有可能會因為適應戰鬥或一時大意而受到致命傷，所以防具依然不可或缺。

這間防具店看起來相當有規模。

話雖如此，感覺還是比在阿斯拉王國逛過的商店更粗俗點。

進入店內，我發現陳設的商品價格比攤位貴一些。行商攤位的價格便宜，偶爾還能夠挖到寶。不過這種有正式店面的地方，商品的品質會比較安定，種類也豐富。還有很重要的一點是尺寸齊全，畢竟我們兩個還是兒童尺寸。

「因為是保護心臟的防具，要盡可能挑一件比較好的……」

現在，我們正在挑選艾莉絲用的護胸甲。女性用的護胸甲會根據胸圍備有各式種類。

「這個就行了。」

艾莉絲試穿和自身尺寸正好相合的護胸甲，還問我看起來如何。

我當然不會放過這種能仔細凝視胸部的機會……嗯，看起來成長得很順利。

「再大一號會比較好。」

「為什麼？」

居然問我為什麼。

「因為我們現在是發育期，如果尺寸剛好，過沒多久就會穿不下。」

我一邊回答，一邊把大一號的護胸甲遞給艾莉絲。

「穿起來很鬆啊。」

「沒問題啦，沒問題。」

艾莉絲低聲抱怨，同時一一挑選能保護各部位的裝備。透過最近的戰鬥，她已經知道哪些地方容易受傷。各處關節和要害當然是必須保護的部分，那麼頭部又該怎麼辦呢？要是防具太重會減低速度，話雖如此，畢竟頭部也是要害，還是該戴上某種防具會比較好吧。

「這種頭盔如何呢？」

我推薦類似世紀末霸王之弟的全罩式頭盔，但是艾莉絲卻表現出明顯的厭惡表情。（註：出自漫畫《北斗神拳》，指拉歐的弟弟傑基）

「好遜。」

她乾脆拒絕，最近的年輕人似乎無法認同這種品味。

之後艾莉絲又試戴了幾個頭盔，結果因為太重、太土、太臭、視野範圍太小等等理由，最後她選了個類似頭帶的東西。裡面縫有鐵板，應該算是護額吧？

順道一提，我給她的兜帽只是為了藏住顯眼的紅髮，不具備防具的功用。

「差不多這樣。如何，魯迪烏斯！看起來像冒險者嗎？」

一身輕裝冒險者的打扮，還把洛因給的短彎刀型短劍佩在腰間的艾莉絲轉了一圈。

老實說，很像角色扮演。而且尺寸不合的護胸甲是最大的原因。

「很適合喔，大小姐。不管怎麼看都是身經百戰的戰士。」

「是嗎？呼呼呼～」

艾莉絲手扠腰，帶著得意笑容低頭觀察自己的模樣。我趁她還忙著自我陶醉的時候，把整套裝備殺價到鐵錢一枚後付帳。果然湊齊一整套會很花錢。

「接下來換魯迪烏斯！」

「我應該不需要吧？」

「不行！買件長袍吧！長袍！像魔法師那樣的長袍！」

自己是劍士，然後和童年玩伴的魔法師一起冒險。艾莉絲似乎很憧憬那樣的冒險者。

雖然她晚上有時候好像會失眠，不過白天的艾莉絲真的很粗神經。

算了也好，我就奉陪吧。

「大叔，有合我身材的長袍嗎？」

開口提問之後，防具店的老爹默默地打開一個櫃子。

「這些是小人族（Hobbit）用的長袍。」

櫃子裡掛著五顏六色的長袍，每件的樣式都有微妙的差別。顏色共有五種，紅、黃、藍、綠、灰，都是相當淡的色彩。

「顏色不同會有什麼不同呢？」

「織布時有加入魔物的毛，也具備一點點抗性。」

「紅色是火，黃色是土……那灰色呢？」

「只是一般的布。」

原來如此，難怪只有灰色是半價。其他顏色的價錢也各自有高有低，是因為材料嗎？

「魯迪烏斯你該穿藍色吧！」

「這個嘛……」

畢竟在打近距離戰鬥時，我會利用爆風把自己炸飛出去。

所以或許該選紅色或綠色。要選狐狸，還是貉呢？（註：指日本東洋水產公司推出的泡麵產品，紅色狐狸是油豆腐烏龍麵口味，綠色貉（日文中的狸）是天婦羅蕎麥麵口味）

「小子，你會使用什麼魔術？」

「我能使用所有種類的攻擊魔術。」

「哦？真了不起，明明看起來還很年輕……那，雖然這件價格比較貴……」

大叔拿出的長袍是偏深的灰色，近似鼠灰色。

「這是用瑪奇鼠(Rat)的皮做的。」

「米〇鼠(Mouse)？」

「不是Mouse，是Rat。」

我的腦裡浮現出一隻身穿紅色短褲的黑色傢伙，又趕緊甩開這想像。

拿起來的手感像布，就是那樣的生物嗎？

「這有什麼效果？」

「沒有魔力抗性，但是堅固耐穿。」

我試著套上。

「有點太大，沒有小一點的尺寸嗎？」

「這已經是最小的尺寸。」

「應該有小孩用的長袍吧？」

「哪來那種東西。」

這些對話真像是某個柔道家第一次穿上太空衣（Normal Suit）時的發言。算了，反正我的身體正處於發育期，說不定大一點也好。質地不錯，正如老闆剛剛提到的堅固耐穿，似乎具備一點點抵抗利刃的效果。還有鼠灰色也是優點，畢竟俗話說名實要相符。（註：太空衣是動畫作品《機動戰士鋼彈》中出現的太空裝，而柔道家指的是《機動戰士鋼彈ＺＺ》裡的傑特．亞希達（Judau Ashta），因為他的名字來自日本著名柔道家「山下泰裕」）

「嗯，就選這件吧。」

「你喜歡嗎？要價屑鐵錢八枚。」

「那麼連同那個……」

我盡可能殺價後，用屑鐵錢六枚買下。

順便還買了兩個和艾莉絲顏色不同的護額，要給瑞傑路德和我本人使用。目的是為了在發生什麼意外狀況時，可以利用這個來蓋住瑞傑路德額頭上的寶石……你問我為什麼也買了自己的份？

當然是因為我不希望只有自己和同伴們不一樣啊！

★　★　★

在我們購物的期間，我讓瑞傑路德去監視威絲凱爾。

雖然對他們並不抱著什麼期待，不過根據他們的行為，也有可能導致我們名聲掃地。所以我才派瑞傑路德去偵察，結果他卻說既然那麼擔心，打從一開始就不該和那種傢伙聯手。

您說的對。不過多虧這個決定，讓我們在金錢方面有了餘裕，所以目前應該算是不好不壞吧。

直接說結論，他們似乎有努力工作。不但沒有嫌棄F級的委託，態度還相當犧牲奉獻。

威絲凱爾今天承接了驅除害蟲的委託。

是要擊退那些在廚房出沒的可恨傢伙。

她的種族叫茲梅巴族，唾液具有毒性。而且還有引誘力，會讓攝取唾液的昆蟲死亡或麻痺後無法動彈，成為茲梅巴族的餌食。

換句話說，驅除害蟲是她的拿手好戲。

委託人是個老婆婆。

是個嘴巴緊抿嘴角下垂，看起來就很乖僻的老婆婆。瑞傑路德似乎從她身上感覺到只要有任何一點看不順眼的地方，就會把他們打出去的氣概。

不過威絲凱爾並沒有和老婆婆發生什麼衝突，還迅速地讓害蟲全滅。瑞傑路德進行確認後，據說家中真的連一隻害蟲都不剩。之後，她用類似絲線的東西塞住屋子裡的縫隙，堵死害蟲入侵的路線。

「謝謝妳，威絲凱爾。之前真的深受困擾。」

「不客氣，如果還有什麼問題，請再找『Dead End 的瑞傑路德』處理。」

「『Dead End 的瑞傑路德』？那是妳現在的隊伍名稱嗎？」

「差不多。」

威絲凱爾說完這些話，最後再拿出幾個用唾液製成的蟲餌交給老婆婆，然後和對方道別。

委託完成。她來到冒險者公會與我們會合，收取報酬。

「聽你觀察到的情況，她的確有好好做事呢。」

「……嗯。」

她對工作的處理很完美，超出我的預估。似乎認識那個老婆婆，連售後服務也做得很好。比起漫無計畫胡亂模仿的我，給人的印象應該好多了吧？

「看來他們並不是爛到骨子裡的惡棍。」

「是啊。」

嗯，雖然我也抱著疑心……不過只是要他們處理平常就在做的事情，再加上自稱是「Dead End」，並不會造成負擔吧。讓他們產生「可以輕鬆賺錢」的想法並不是壞事。

因為背叛我們的可能性也會降低。

「但是做過壞事的事實不會消失。」

「不過，他們現在正在努力，就跟瑞傑路德先生一樣。」

「唔……」

就算是罪犯，也不是整天都在做壞事。他們是那樣，我也一樣，連瑞傑路德也符合。而且我並沒有要求他們不可以綁架寵物，在那之後他們卻沒有再犯。

不過，其實也才過了三天，不會那麼快就遺忘做壞事被抓包還差點掛掉的記憶。

「總之，或許他們只有現在顯得特別值得誇獎，今後還是凡事都要予以監視會比較妥當。」

我這樣說完，瑞傑路德皺起眉頭。

「你……不相信和自己聯手的對象嗎？」

「當然。我在這城鎮裡相信的人，只有艾莉絲和瑞傑路德先生你們兩位。」

「……這樣啊。」

瑞傑路德本來要把手伸向我的腦袋，但最後又作罷。我相信瑞傑路德，卻感覺到似乎失去了他對我的信賴。

算了，現在就算是那樣也無所謂。我的目的是和艾莉絲一起回到阿斯拉王國。雖然會順便幫忙挽回斯佩路德族的名譽，然而獲得瑞傑路德的信任並不是我的目的。

「我們走吧。」

在魔照石的光芒中，我們慢慢走向旅館。

冒險者生活的開端可以算是順利。

第十二話「小孩和戰士」

過了三個星期，我們升上D級。

速度相當快。於是我去做了調查，得知升級的條件如下所示：

F↓E：完成十次F級工作，或是連續五次達成E級工作。

作。

E→D：完成五十次F級工作，或是完成二十五次E級工作，或是連續達成十次D級工作。

後面的層級雖然規定次數增加很多，但也是類似的內容。

此外，連續失敗會被降級。比自身層級還低的工作連續失敗五次，或是相同層級的工作連續失敗十次都會遭到降級。至於沒能完成比自身層級高的工作雖然不會導致降級，但連續失敗五次後會再也無法承接。

正是因為有賈利爾和威絲凱爾兩個人每天都幫忙完成F、E級的委託，我們才能輕輕鬆鬆往上爬。

現在是D級，換句話說可以承接C級的工作。而且C級委託對我們來說易如反掌，想來很快就能升上C級。

或許差不多該結束和賈利爾他們的契約。雖說那兩個傢伙好像已經不再從事綁架寵物的勾當，但是無法確定交換委託會帶來什麼不良影響。

反正也存了一筆錢，說不定現在正是和他們分道揚鑣，從這個城鎮出發的時機。

不過，最後我決定繼續利用他們，直到我們升上C級。因為到目前為止似乎都沒什麼問題，放棄這種能穩定賺取收入的狀態也有點可惜。畢竟錢這種東西越多越好嘛。

現在持有的金錢是綠礦錢一枚、鐵錢七枚、屑鐵錢十四枚、石錢三十五枚。全部換算成石錢是一八七五枚。

一千八百七十五日幣……就算付出所有財產，也無法換到兩枚阿斯拉大銅幣。

不，還是別以其他大陸的物價來當作標準。等我們一升上C級，就和賈利爾他們道別並離開這個城鎮，朝這方向進行吧。

在這種狀態下，我發現這樣的委託。

B

・工作：搜索・討伐謎之魔物

・報酬：屑鐵錢五枚（討伐報酬為鐵錢兩枚）

・工作內容：搜索、討伐魔物　・地點：南方森林（石化之森）

・期間：到下個月末　・期限：盡快

・委託人姓名：行商貝爾貝羅

・備註：在森林深處發現蠢動的影子。希望冒險者可以查明影子的真面目，如果有危險請予以排除

我和賈利爾一起把手搭在下巴上，看著內容猶豫。

謎之魔物，真是個模糊不清的委託。或許魔物根本不存在，就算真的存在，又該如何證明我們發現的魔物就是委託人想找的那一隻？可是，鐵錢兩枚是很不錯的報酬，連搜索報酬的五枚屑鐵錢也不算差。

「你很在意這個委託嗎？」

「因為報酬很高，不過有點可疑。」

賈利爾也點點頭同意。

「這種委託有可能會拿不到報酬，最好還是不要承接。」

以前曾經發生過一次沒拿到報酬的狀況。

那是在兩星期前，我們承接要求收集毒酸狼的委託，然後按照慣例和規定收集了毒酸狼的牙齒和尾巴，結果委託人卻主張需要的東西是整隻毒酸狼。雖然委託內容裡並沒有詳細說明這種要求，但最後我們還是必須支付違約金。

這是連回想起來都會感到受辱的事件。

為了避免碰上那種情況，最好不要承接這個委託……然而我卻被金錢蒙蔽了雙眼。

「唔……可是……鐵錢二枚……說不定再『學習』一次也不錯。」

「你這人真是記不住教訓。」

「這次的情況，違約金應該是用屑鐵錢五枚來計算吧？」

「沒錯，因為括弧裡的數字算是特別報酬。」

順便說一下，因為諾克巴拉會來糾纏瑞傑路德，其他的冒險者會來糾纏艾莉絲，我不堪其擾所以讓他們兩人在外面等。威絲凱爾也不會來冒險者公會露面。

因此這時沒有人能阻止我。

「算了，既然地點是石化之森，就算什麼都沒有，大概也能弄到些可以賣錢的東西吧。而且憑你們應該有辦法掙回因為違約金損失的部分，試試也沒關係吧？」

「好。那，你們也加油吧。」

事後回想，我在這陣子的判斷力變差了。

因為已經習慣，所以產生傲慢心態。由於一切都進行得很順利，我才會輕視風險，焦躁也促使我追逐利益。一方面覺得應該可以處理得更好，但相反地，心裡也有另一個聲音認為那時根本無法做到更進一步的事情。

★ ★ ★

石化之森。

距離利卡里斯鎮需要整整一天的路程。是一座位於道路旁邊的森林，生長著大量狀似尖銳骨頭的樹木，所以看起來很像是整個森林遭到石化。

穿過森林的路線是前往隔壁城鎮的捷徑，然而這裡棲息著杏仁巨蟒(Almond Anaconda)和劊子手(Executioner)等被歸類為B級的危險魔物，因此大概只有僱用多名強大護衛的趕路行商才會走這條路。

雖說這個世界裡的每座森林都很危險，無一例外，但是魔大陸的森林更是特別危險。

在這樣的森林入口。

可以看到聚集了三支隊伍。

B級隊伍「Super Blaze」。

D級隊伍「多庫拉布村愚連隊」。

還有另一支D級隊伍「Dead End」。

現在，各隊伍的隊長正在面對面。

據說這是冒險者的常識，要是在森林等地方的入口意外碰上其他隊伍，基本上要先和對方開個會。

我是很想無視他們，不過萬一在森林裡意外碰頭也很麻煩，所以決定還是參加。

「喂……你們這些傢伙是怎樣？」

一開口就以火大表情講出這種話的人是「Super Blaze」的隊長布雷茲。

我對這張臉還有印象，應該是第一天有嘲笑過我們的豬頭。嗯？這可不是在罵人。

因為他的頭就是豬，和那個以猥褻視線看著艾莉絲的門口衛兵應該是同樣種族吧？種族名是叫什麼……在我的腦中，直接把他稱為豬頭族（半獸人）。

他們的隊伍由各式各樣的種族構成，共有六人。在魔大陸上要升到C級，必須具備能狩獵周圍魔物的實力，所以他們全都是實力獲得保證的老手吧。

「我們是來進行委託啊！」

「多庫拉布村愚連隊」隊長的庫爾特一臉不高興地回答。

「我們也是。」

「Dead End」的隊長也同上，點了點頭。嗯，其實就是我。

聽到兩個D級隊長的發言，布雷茲「嘖」了一聲。

「是發生 booking 狀況嗎？總覺得有種討厭的預感……」

布雷茲煩躁地抓了抓脖子。

「b……booking 是什麼？」

「啥？」

庫爾特戰戰兢兢地發問，那隻豬卻突然翻臉。

「好了好了，別激動別激動。就勞煩大駕，在此教導一下我們這些新手吧。」

我搓著雙手擺出討好態度，於是布雷茲往地上啐了一口唾沫。

「就是有不同人在同一時期提出類似委託，但是公會卻沒有管理好，全都貼出來徵求的狀況。」

原來如此，是指 double booking（重複預約）嗎？有三名委託人，也有三個案子。本來以為這些委託各自不同，但實際上卻一樣。感覺的確有可能發生這種狀況。

基本上，我先確定了一下其他隊伍承接的委託內容。

布雷茲的委託：「討伐石化之森出現的白牙大蛇（White Fang Cobra）」。

庫爾特的委託：「採取石化之森裡被目擊到的謎之卵」。

魯迪烏斯的委託：「搜索謎之魔物」。

「搜索？咦？D級有這種委託嗎？」

對於庫爾特的疑問，我當然已經先想好該如何應對了。

「這是C級的委託，是你離開公會後才被放出來。」

「是嗎……這個委託比較好呢……」

我丟下嘀嘀咕咕的庫爾特不管，開始動腦思考。關於委託內容，的確有彼此稍微重複到的感覺。

首先，這森林裡應該沒有白牙大蛇。但是既然有發出討伐委託，就表示已經被人目擊。換句話說，謎之魔物可能是白牙大蛇，甚至連謎之卵也有可能是白牙大蛇的蛋。

當然，謎系列不是白牙大蛇的可能性仍舊存在。

布雷茲現在就斷定是重複預約未免太草率。

「話說回來，為什麼會發生這種事？」

「我哪知道！偶爾就是會發生。」

算了，這也無可奈何吧。畢竟又不是利用電腦管理。

「那麼，這種情況該怎麼辦？」

「沒什麼怎麼辦，先搶先贏啊。」

布雷茲這麼一說，庫爾特立刻發出驚訝的叫聲：

「什麼！如果你們先打倒了魔物，那我們的委託怎麼辦啊？」

「啥？你們是要採取謎之卵吧？要是被我們先找到，當然是把蛋打爛啊。萬一白牙大蛇繁殖那可麻煩了。」

布雷茲擺出一副無賴樣，嘲笑庫爾特。

「喂！魯迪烏斯，你也說說話吧！要是魔物被這些傢伙先打倒，那我們的委託就……！」

庫爾特把矛頭指向我身上。的確，要是魔物被布雷茲他們先打倒，我們的搜索委託也會失敗……

不，我們的任務只是搜索，提出「森林裡有白牙大蛇」的報告就有被認定已達成委託的空間。如果還是不行，也只要在森林裡狩獵魔物再回去，應該就能付清違約金。

「現在還不確定彼此之間是不是重複預約，說不定有白牙大蛇以外的其他魔物。」

我這樣一說，布雷茲就露出厭惡的表情。

「所以你意思是要大家一起去找？要我們當保母嗎？」

這句話讓庫爾特非常不爽。

「誰說過要麻煩你們照顧！」

「你嘴上這樣講，但內心還是很希望受我們保護吧？畢竟這座森林對D級來說很嚴苛。」

噢，原來如此。B級的布雷茲是不願意讓我們和庫爾特他們這兩支隊伍像金魚大便一樣緊粘著他們，還輕輕鬆鬆地達成委託嗎？因為那種做法只有布雷茲他們的負擔會增加。

當然，我也不想和這些人一起行動。我不希望被讓別人看到瑞傑路德用槍戰鬥的模樣，畢竟他實在太強，有可能會被發現是真正的斯佩路德族……這裡還是利用一下庫爾特的抗議吧。

「說得對，真讓人不愉快。我們不需要保母，『Dead End』要單獨行動。」

我單方面地丟下這句話，就退出隊長們的聚會。

★ ★ ★

我回到瑞傑路德和艾莉絲身邊。

「怎麼了？」

艾莉絲立刻發問，像是已經等不及了。

「彼此的委託內容重複。」

「重複會怎麼樣？要讓給其他人嗎？」

「怎麼可能，當然是先搶先贏。」

「是嗎？真讓人技癢呢。」

艾莉絲充滿幹勁。她對最近那種不像是冒險者的狩獵活動似乎已經感到厭煩，因為那完全是一種「作業」。

我們正在討論，布雷茲和庫爾特好像也談完了。庫爾特和另外兩名隊友簡短地講了幾句話後，就動身進入森林。「Super Blaze」的成員也從不同的方向開始行動。

「那個，我們要怎麼辦？」

「這個嘛……跟平常一樣麻煩瑞傑路德先生搜尋敵人，然後去找出那個謎之魔物吧。」

我如此提案，瑞傑路德卻搖了搖頭。

「等等。」

「怎麼了？」

「我擔心那三個小孩。」

三個小孩……是指愚連隊那三人吧？

「憑他們的實力，無法在這森林裡活下去。」

「也就是說？」

「去幫他們吧。」

原來是這麼回事。

「……可是，一起行動的時間要是太長，會被發現你真的是斯佩路德族喔。」

「無所謂。」

我有所謂啊！

「斯佩路德族的身分一旦曝光，會發生很多麻煩事。」

「那麼，你是要對他們見死不救嗎？」

「我沒有那樣說。從後面跟蹤他們，危急時再出手幫忙吧。」

沒辦法，只好變更作戰。放棄鐵錢兩枚，改為賣個人情吧。

不過，隨便助人真的沒問題嗎？要是在他們被魔物襲擊的時候介入，會讓斯佩路德族身分曝光的可能性更為增大。雖然我很想相信他們在面對救命恩人時應該不會還嚷嚷什麼偏見……

不過，畢竟「Dead End」在魔大陸上是特別的存在。

實在無法確定事態會如何演變。

萬一真的不行，就像對賈利爾等人那樣，想辦法把他們也拉攏成同伴好了……

於是，我們決定跟蹤庫爾特一行人。

看到庫爾特等人意氣洋洋地闖入森林深處，瑞傑路德皺緊眉頭。

「怎麼了？」

「那些傢伙是第一次進入森林嗎？」

「唔，我也不知道。」

「太粗心大意了。」

瑞傑路德的擔心成真，庫爾特等人在探查魔物動向時失敗，結果碰上了劊子手。

劊子手是人型的魔物，實體是由死掉的冒險者變成的殭屍。

而這個殭屍不知道為什麼會裝備著巨大的劍和厚重的全身鎧甲。

由於鎧甲很重，動作並不是那麼快，不過很頑強而且擁有劍技。

明明基本上是單體活動，外型尺寸也不是很大，卻是B級的強敵。

死掉之後劍和鎧甲會消失，所以無法換錢。

碰上這種魔物的庫爾特等人立刻全力逃走。

「現在出手吧！」

「不，還不需要。」

我阻止想要衝出去的瑞傑路德。

「為什麼！」

「還不到危機時刻。」

雖然從那身鎧甲來看，劊子手的速度已經算快，不過還沒有快到能追上全力逃走的庫爾特等人。

他們之間的距離慢慢拉開，在快要徹底擺脫對方的時候，庫爾特等人的好運卻耗盡了。

他們逃走的方向出現杏仁巨蟒。

杏仁巨蟒是三～五隻成群出現的魔物，身上有類似杏仁的花紋。長度大約是三公尺，牙齒有劇毒，動作也很靈敏。因為難以打倒且數量又多所以是B級，也是強敵。

庫爾特他們遭到這兩個可說是石化之森的代名詞，也是最不想碰上的魔物前兩名夾擊，臉上露出哭笑不得的表情。

他們大概打著不管碰到哪一種都只要逃走就行了的主意，實際上，剛剛看起來的確是能甩開劊子手。

會演變成這樣，是因為他們考慮得不夠周到。既然自己的實力還不夠格挑戰這地方，他們就該停手。不過，我也可以理解想要逞強的心情。

「現在出手吧！」

「不，再等一下。」

我制止想要立刻幫助他們的瑞傑路德。

要營造出千鈞一髮的驚險場面。情況越是危急，能賣給他們的人情也就越大。

就算他們全身是傷，也只要利用治癒魔術就好。哼哼哼，我的策略超完美。

「啊！」

艾莉絲突然大叫。那個鳥少年的身體被切成兩半，在空中飛舞。

只有一擊。

他沒能對應劊子手的攻擊，被一擊殺死。

我的邪惡笑容整個僵住，同時也發現自己的判斷錯了。他們已經身陷千鈞一髮的危急場面，真正思慮不周的人其實是我。

「所以我不是說過了嗎！」

瑞傑路德的聲音裡混著焦躁。

我立刻對劊子手使出「岩砲彈」，瑞傑路德和艾莉絲也同時往前衝。

被我的魔術擊中後，劊子手並沒有死掉。被能夠一擊打倒石魔木的岩砲彈打到，居然還可以繼續站著。

我心想它未免也太過頑強，但仔細一看，原來只打飛了右手。是我自己太慌張所以打歪了。

接著那傢伙用左手撿起巨劍，朝著這邊衝來。

從遠處觀察時覺得速度不快，但實際上成為目標後，才發現對方其實擁有光看那沉重外表很難想像出的俐落速度。

我冷靜地在劊子手腳邊設置柔軟的泥沼，它一隻腳深深陷入，往前倒下。

接著在正上方製造出巨大岩石，把它狠狠砸爛。

這時，瑞傑路德他們也已經消滅了所有杏仁巨蟒。

之後，庫爾特雖然嚇得臉色發青還不斷發抖，不過有確實向我們道謝。

「……呼……真的……嗚……得救了……你們，很……很強呢……」

劊子手被壓在岩石下，杏仁巨蟒的腦袋被俐落砍下。這種程度的敵人根本不成問題，但明明不成問題，卻沒能救到那個鳥少年。

「不，我們太晚出手……真是抱歉。」

庫爾特的眼中開始帶著崇拜。

我感到胸中一痛，只好轉開視線，結果卻看到那個被砍成兩半死掉的少年。他的臉上有鳥嘴，記得是叫作加布林吧？要不是我打著多餘的盤算，他應該不會喪命。

正在思考這種事，瑞傑路德伸手拽起我的領口。他用下巴指指屍體，對我說道：

「那是你的錯。」

他毫不留情，讓我感覺內心彷彿受到刀割。

「是的……」

「本來三個人都能得救！」

我知道，我真的明白。我也不想變成這樣。

心中充滿煩悶的情緒，我並不希望看到這種後果。

我有在反省，有在後悔。可是，為什麼我必須被斥責？

「我也很拚命啊！我是想在最佳時機獲得最大的成果！為什麼這種行為必須受到指責？」

「因為出了人命！」

瑞傑路德的反駁非常正確。

「嗚……」

所以我無法回嘴，那個少年等於是被我害死的。

「……」

艾莉絲今天選擇保持沉默。

她應該也有什麼想法吧？只見她一直望著加布林的屍體。

我已經無話可說。因為我失敗了，在關係到他人生死的狀況下，我卻優先考量自己的利益，才會慢了一步。

「啊……喂，你們不要起內鬨啦。」

結果，是庫爾特出面阻止。

「和你無關，是這傢伙有問題。」

瑞傑路德不予理會，但庫爾特並沒有就此退讓。

「雖然和我沒關係，但我知道是怎麼一回事。你們是看到我們戰鬥的情況，才會為了要救人還是要拋下我們而意見分歧吧！」

不，實際上根本沒有分歧，而是我獨斷決定要拋棄你們。

「或許你們的確很強，但凡事總有萬一。而且，你們也沒有幫助我們的義務！」

我覺得瑞傑路德氣到連頭髮都豎起來了。

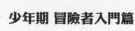

「不是義務！幫助小孩是大人的責任！」

可以看出這句話惹火了庫爾特。

「我們不是小孩！是冒險者！魯迪烏斯身為隊長的判斷很正確！」

「唔……」

瑞傑路德沒有反駁，然而我並不覺得自己的判斷正確。

「但是，你們的同伴死了。」

「看也知道！的確我們也想要就這樣三個人一直走下去！可是，我們也早就做好有一天會喪命的心理準備！既然身為冒險者，不管是年輕人還是老人，大家都抱著這種覺悟！」

我胸中一痛。我根本沒有這種心理準備，冒險者這種職業只被我視為是一種賺錢的手段。

「我很感謝你們出手幫助我們！但是我們的成員是我們自己的問題……不，是沒有正確判斷出委託難易度的我本人必須負起的責任。」

庫爾特的發言很不成熟，這是不是該稱為年輕的正義感呢？

還是該說他還保有沒受過社會洗禮的幼稚心態呢？

不過，他的發言卻帶著一股拚命的幹勁。

那是最近的我明顯缺乏的感情。滿腦子都是手上有多少錢和公會升到了哪一層級，還把委託當成遊戲的我，正欠缺這種拚命的幹勁。

「我說你……叫庫爾特吧？我不該把你當小孩，你們的確是獨當一面的戰士。」

庫爾特的發言似乎讓瑞傑路德找到能信服的部分。

「還有魯迪烏斯，抱歉。」

接著他把我放回地面，開口賠罪。關於這次的事情，瑞傑路德根本沒有理由道歉。

「請不要說這種話，因為我犯錯的事實無法被抵銷。」

「不，那不是錯誤，你是想幫那些傢伙守住身為戰士的自尊。反而是試圖立刻出手幫忙的我比較欠缺思慮。」

「不……」

我根本沒有考慮到那方面。

「碰上那個小惡棍雙人組的時候也是一樣吧……」

瑞傑路德自顧自地做出結論。

但我並沒有接受一切，這次的事情是我必須好好反省的問題之一。應該要立刻找出自己的缺失，好好改正避免下次又犯下相同的錯誤。

一方面抱著這種想法，但相反地，也產生「他們自己要誤解真是太幸運啦！只要結果沒問題的話其實一切都好說嘛」的膚淺念頭。

讓我對自己的厭惡感幾乎油然而生。

★　★　★

庫爾特說他們要直接帶著屍體回到城鎮。

我們為了盡一份心，護送他們回到森林入口。原本以為瑞傑路德應該會主張要把他們送回城鎮，結果卻沒有發生那種事。他已經承認庫爾特等人是戰士。

「少了一人或許會無法回到城鎮，但是我們已經做好喪命的心理準備。」

他的背後散發出一股憂傷，甚至讓艾莉絲忍不住跑向他們並講了這麼一句話：

「你們要加油！」

「謝謝……呃，是這樣嗎？」

語言雖然不通，但庫爾特似乎從艾莉絲的表情看懂她想傳達的意思。

「咦！」

他握起艾莉絲的手，在大拇指連接手掌的地方親了一下。

接著，庫爾特帶著滿臉笑容離開。

艾莉絲整個僵住，我也不知道該怎麼辦。過了一會她突然回頭看向我，然後開始在鎧甲下襬用力來回摩擦剛剛被親到的地方。

「不……不是啦！」

她的表情莫名激動。雖然被親，不過還隔著皮手套。我倒是覺得沒有必要反應這麼誇張。

「這……這東西我不要了！」

她拔下手套，隨手丟向森林內部。喂！手套也是要錢的啊！

「不可以把裝備丟掉！」

「再買新的很浪費啊！」

我和瑞傑路德都開口斥責艾莉絲。雖然是下意識的發言，但是我居然連這種時候都扯到錢，真是……

「吵死了！」

艾莉絲噙著淚水用力跺腳。我好久沒看到這樣的艾莉絲，到底怎麼回事？

親吻手背的行為有什麼意義呢？

「魯迪烏斯！來！」

她把手伸到我的眼前，所以我反射性地舔了一下。

「！」

艾莉絲滿臉通紅，賞了我一拳。

而且是差點奪走我意識的認真攻擊，我還以為自己的脖子會斷掉。我一邊覺得憑這個拳頭應該能奪得世界，同時很沒出息地倒向地上。

剛剛該做什麼才對？

被毆打的我繼續躺著，卻看到艾莉絲目不轉睛地盯著被我舔到的地方，然後自己也舔了一下。之後，她立刻面紅耳赤，用衣服下襬拚命擦手。

「對……對不起，魯迪烏斯！但是不可以舔！」

因為她的動作實在很可愛，我決定原諒一切。還有因為失敗而很鬱悶的心情也順便稍微獲得紓解。

★　★　★

趁著在森林裡移動時，我針對瑞傑路德進行考察。

一個喜歡小孩的正義分子。對瑞傑路德的印象原本是這種感覺，但今天又追加了「戰士」這關鍵字。

「對瑞傑路德先生來說，戰士是什麼？」

「戰士就是保護小孩，重視同伴的人。」

他立刻回答。不過聽到這答案，讓我終於可以理解瑞傑路德過去為什麼會動怒。他並不是在主張欠缺思考的正義感，而是在要求戰士必須要有自尊。

「戰士不可以危害小孩。

戰士有義務保護小孩。

戰士不可以捨棄同伴。

戰士必須保護同伴。」

他心中抱著類似這樣的信念，所以認定把我踢出去的寵物綁架犯是個惡棍。至於不打算為同伴報仇反而討饒的兩人也被斷定是極為卑劣的壞人。

對庫爾特等人也是一樣，瑞傑路德一開始只把他們視為小孩。

所以對小孩見死不救的我就成了惡人。

然而經過先前的痛斥，他改變想法。於是他原諒了我的行動，甚至反省自己沒把庫爾特他們視為戰士的行為。

我實在弄不清楚在瑞傑路德心中，到底怎麼劃分小孩和戰士。

艾莉絲似乎是被他當成小孩，我是哪邊呢？

該問？還是不該問？

「有戰鬥。」

我正在煩惱，瑞傑路德突然發出警告。

「是剛剛的……布雷茲一行人嗎？」

「對。」

好像碰上了布雷茲的隊伍。

雖然不知道瑞傑路德的第三隻眼看出去是什麼情況，不過就算被護額蓋住也依然保有視力，甚至還能識別個體。

真方便，我也想要。

「要去幫他們嗎？」

「沒有必要。」

不愧是B等級，似乎足以讓瑞傑路德把他們視為戰士。

繼續前進後，森林裡有一隻盤著的大蛇。然後，周圍倒著四具屍體。

「……咦？」

他們已經死了耶……

原來「沒有必要」是這個意思啊。不過，沒看見布雷茲的屍體，他是不是逃了？

「我記得他們是六人隊伍吧……剩下的兩人呢？」

「死了。」

似乎是全滅。安息吧。

「不過，那個魔物是什麼？」

讓布雷茲他們全滅的魔物非常巨大。

「是赤食大蛇（Red Food Cobra）。」

這條紅色大蛇的軀幹粗壯到即使我和艾莉絲牽起手來也無法抱住，長度大概有十公尺，頸部還向外張開，像是意圖威嚇。

軀體有一部分整個鼓起，我想那裡面有一半大概是那隻豬的肉吧。是說，委託上不是寫白蛇嗎？

「沒想到這森林裡有赤食大蛇，而且這麼巨大。」
「一般來說不會出現嗎？」
「一般的確不會出現，但還是有低機率會出現。」
赤食大蛇是白牙大蛇的高階種。不但擁有比白食大蛇更巨大的軀體，連敏捷性也大幅領先。全身覆蓋著具備火抗性的堅硬鱗片，尖銳的牙齒帶有劇毒。即使無法確定白牙大蛇是攝取什麼才會變異成赤食大蛇，但是有極小機率會在白牙大蛇生息的地方出現。
白牙大蛇是B級，不過赤食大蛇卻是等同於A級的強敵。
B級隊伍大概會被瞬間殺光吧——似乎就是這麼一回事。
它忙著進食，好像還沒注意到我們。現在正準備吞下第三具屍體。
「打得贏吧？」
「要打嗎？」
艾莉絲自信滿滿地拔劍。
瑞傑路德詢問我的意見。
「……可以由我決定嗎？」
「交給你了。」
「除了你，還有誰可以決定啊？」
決定權被交到我手上。總之先思考一下吧，委託內容是要我們找出或討伐謎之魔物。

總之，白牙大蛇或赤食大蛇應該就是那個「謎之魔物」。

這森林裡原本並沒有這種魔物，既然我們已經找到應該符合的對象，即使直接打道回府也算是達成委託。但是如果能打倒魔物，就能獲得鐵錢兩枚的報酬。情況允許的話，我是很想打倒它。可是俗話說，留得青山在不怕沒柴燒。

而且剛剛才有個人在我面前死掉。

萬一輸了就會沒命，我並不想主動涉險。

「要不然，我可以自己去打倒它。」

我正在煩惱，瑞傑路德就如此提議。

「瑞傑路德先生能一個人打倒那個魔物？」

「沒錯，我一個人就夠了。」

真是可靠的台詞，感覺很像某 DASH 先生。（註：出自日本綜藝節目「ザ！鉄腕！DASH!!」裡的一個單元「DASH 村」，裡面有位人物被主持人們認為是可靠的長輩）

「那麼，如果必須同時保護艾莉絲，也可以因應嗎？」

「和平常一樣，沒有問題。」

面對A級魔物還能如此從容。嗯，既然瑞傑路德都這麼說了，大概真的沒問題吧。好。

「那就動手吧。」

我做出了決定。

★★★

我利用魔術發動遠距離攻擊，他們兩人在近距離戰鬥。

這種協力模式和平常相同，因此我也一如往常地使出岩砲彈。

這次的對手是A級魔物，我決定稍微提昇威力。

形狀設定為楔形，內部還藏有火魔術，讓岩砲彈在擊中魔物後能夠爆炸。發射。砲彈以超高速往前飛，直衝赤蛇，直接引發大爆炸——我原本是這樣盤算。

「什麼！」

赤食大蛇扭動身體，避開岩砲彈。

這迴避不是偶然，很明顯赤食大蛇是先看清飛向它的岩砲彈，然後才做出閃避動作。岩砲彈飛向遠方，之後爆炸。

「怎麼可能……」

雖然先制攻擊失敗，但我方的特攻隊並不會因此停手。由瑞傑路德帶頭，艾莉絲跟在他的斜後方。這陣形和平時不同，平常都是艾莉絲在前面。

「嘎！」

「…………哼！」

瑞傑路德對赤食大蛇的頭部發動攻擊。和平常相同，他使用短槍施展刺擊。赤食大蛇利用往後仰的動作避開這一擊，再反彈回來試圖咬住瑞傑路德。面對那個一被咬中身上就會開個大洞的利牙，瑞傑路德輕鬆地揮槍彈開。

同時，已經繞到赤食大蛇背後的艾莉絲揮劍砍向它的尾巴。

她的斬擊沒能砍斷尾巴，或許是因為赤蛇的肉或鱗片很硬，也有可能根本是兩種都很硬。

「嗄啊啊！」

當赤食大蛇把注意力轉移到艾莉絲身上的那瞬間，他們兩個立刻迅速退開。

我使出的魔術把握這剎那的空檔，朝著赤食大蛇飛去。

這是事前講好的順序，也是和平常一樣的合作模式。

「又沒打中！」

但是赤食大蛇又躲開了。靠著前端採用尖銳造型以加快速度的岩砲彈和赤食大蛇擦身而過，一口氣打斷好幾棵後方的樹木。這次也是被對方先看清楚後再閃避。

不過，沒打中其實也不要緊。敵人必須面對持續狙擊大腦和心臟的瑞傑路德，和逐漸削去尾巴並轉移它注意力的艾莉絲一起聯手發動的波狀攻勢，還得應付要是被打中可不是只會覺得痛的魔術。

我方採用的模式儘管單調，卻不是能輕鬆對應的戰法。

要是敵人追著艾莉絲不放或許能找到突破的機會，但是瑞傑路德把仇恨值掌握得很好，赤食大蛇陷入被迫丟下我和艾莉絲的狀況。

雖然我和瑞傑路德的攻擊一直沒有打中，但赤食大蛇還是逐漸疲勞，動作也開始變遲鈍。

最後，岩砲彈終於逮住了它的身體。

★ ★ ★

等我們處理好赤食大蛇，太陽已經下山。

這天的晚餐就是它的肉。我們不清楚哪個部位可以變賣，只好拔走牙齒，然後把剝下來的蛇皮像毯子一樣捲起。

還發現應該是庫爾特他們要找的蛋，不過因為體積太大，根本無法搬回去。

多方考慮之後，決定把蛋打破。畢竟增加魔物的行為似乎受到嚴格禁止。

至於布雷茲一行人的屍體，先把能賣錢的東西都搜括一空後，再放火燒過埋葬起來。要是把屍體丟著不管，是不是會變成劊子手呢？

我實在無法理解死後化為殭屍復活的現象。

（話說回來，那隻赤蛇真厲害。）

我回想起剛剛的戰鬥——赤蛇曾經多次躲過我的魔術。

沒錯，它避開好幾次。

在最後終於直接擊中它之前，根本連掃都沒掃過。

仔細想想，碰上劊子手時也一樣。原本以為會直接命中的攻擊卻被敵人避開，結果只打斷一根手臂。B級以上的魔物就能夠迴避魔術嗎？

聽說赤蛇是A級。它連瑞傑路德的槍都能避開……不過，那大概是因為瑞傑路德有手下留情吧。要是他拿出真本事，肯定只要一擊就能解決。

至於艾莉絲的攻擊，大概是因為赤蛇判斷沒什麼威脅性所以不需要閃避吧。

話說回來，這個世界的生物真的都是些怪物。就算是人族，似乎也能夠巧妙地迴避魔術，至於魔物可以看清子彈後再閃躲。要是碰上S級的魔物，說不定會發生即使被岩砲彈正面擊中也毫髮無傷的狀況。

真是太恐怖了……還是盡量不要靠近危險場所吧。

不管怎麼說，我們達成了委託。

——而這次的委託，也成為我們在利卡里斯鎮承接的最後一個任務。

第十三話「失敗與混亂與決心」

討伐赤食大蛇後，我們回到公會。

和往常一樣，先在冒險者公會外和賈利爾碰面並交換完成卡片。

然後把赤蛇的牙齒和蛇皮交給他，也統一好口徑。

由於這次的數量太多，所以連同威絲凱爾在內，所有人都一起進入冒險者公會。於是不出所料，諾克巴拉立刻貼了過來。這傢伙真的總是待在公會裡，而且動不動就來糾纏。

「哎呀，你們獵到相當有趣的東西嘛。這是赤食大蛇的鱗片吧？對不對？」

我朝賈利爾使了個眼色，要他講出事先商量好的說詞。

「啊……嗯，我們運氣好，在赤食大蛇快不行的時候發現它。」

「哦～就憑你們兩個～」

諾克巴拉臉上掛著賊笑，像是發生了什麼有趣的事情，還表現出瞧不起賈利爾的態度。

這是怎麼了？總覺得和平常不太一樣。

「半……半路上發現『Super Blaze』那些傢伙的屍體，應該是他們先重傷了赤食大蛇吧。」

「什麼？布雷茲他……死了嗎？」

「嗯。」

「算了，畢竟是碰上赤蛇……」

諾克巴拉一臉無趣地呼了口氣。

「不過，就算已經受了重傷，憑你們兩個要對付赤蛇……」

「與其說受了重傷，還不如說是已經瀕死。不對，其實直接說是已經死了也不算誇大。正確狀況是雖然還沒死，但已經跟死了沒兩樣。」

賈利爾迅速說完後就快步離開現場，諾克巴拉帶著無法信服的表情把目標轉移到我們身上。

「你們今天也是去找寵物嗎？」

「嗯，賈利爾師傅的寵物搜索術非常高明，所以我們今天也賺到了一點收入。」

「哦～」

我也想盡快脫身，總有種不太妙的感覺。

然而諾克巴拉卻毫不客氣地把手搭到我的肩上，然後壓低聲音說道：

「那，在城鎮外要怎麼尋找寵物啊？」

這瞬間我下意識地停止動作，不過應該有保持住撲克臉。

現在的狀況還在預料之中，只是被他看到我們離開城鎮而已。

「只是因為這次的寵物剛好跑到城鎮外啦。」

「喔～那麼這邊呢？」

我試圖掩飾，諾克巴拉卻用力抓住賈利爾的肩膀。

「赤食大蛇也剛好在城鎮裡嗎？」

原來如此，他也有看到賈利爾他們在城鎮裡。換句話說，被抓包了。

「哎呀，居然有這麼不可思議的事情呢～」

我也預想過這種狀況。有好幾個方法可以突破這個困境，例如像蜥蜴斷尾那樣捨棄賈利爾，就能應付眼前的事態。只要說是他把高難度委託硬塞給身為低層級冒險者的我們，我們也感到很困擾就好了。

然而，我不會那樣做。一旦實行，瑞傑路德可能會殺了我。

畢竟這不是戰士該做的行為。

「喂喂，事到如今別再裝蒜了。」

「說什麼裝蒜，我們有做什麼嗎？」

「啥？」

「我們請『P-Hunter』幫忙處理委託，也協助『P-Hunter』解決任務。只是這樣而已。」

我從裝傻矇混的策略，切換成理不直氣很壯的態度。

重新確認公會的規約後，我們應該沒有違法。

基本上，並不是沒寫在規約裡面的事情就沒有問題。人活在世上，也不是只要有遵守規則就可以隨便亂來……話雖如此，我並不知道正確的界線在哪裡，所以我要以自己等人沒有錯的理論來想辦法把事情敷衍過去。

「你鬼扯什麼，要是有白痴模仿你們的行為該怎麼辦？」

「什麼怎麼辦？」

「委託就會變得可以用錢購買，這下冒險者公會將失去存在意義！」

唔，即使堅持我們沒有金錢交易……大概也行不通吧。

不過，是嗎？原來會被歸類成買賣委託啊？原來如此，這傢伙腦袋挺靈光。的確，要是我們這種做法流行起來，或許會出現用錢買賣委託的傢伙。

例如接下所有D級委託，然後賣給其他的D級冒險者。

賣委託的人不但能拿到錢，而且也可以提升層級。明明什麼都沒做。

不過呢，萬一賣不出去，這種做法也只會導致委託失敗。

「諾克巴拉先生為什麼要在意這種事情？我們沒有妨礙到你吧？」

「擺出這種態度不要緊嗎？你們只剩下兩條路可走……賈利爾，你也給我仔細聽好。」

他拽住我的領口把我提了起來，後面的瑞傑路德和艾莉絲都面帶怒色。

總之，你們兩個現在先乖乖的，話還沒講完。

「嘿嘿嘿……」

因為是馬，所以我看不出來馬面男的表情代表什麼意思。不過我知道他臉上正掛著低俗沒品的笑容。

「如果你們想保住冒險者的資格，就給我每個月送兩枚鐵錢過來。」

哎呀還真是乾脆俐落啊。來到這世界後，我好像是第一次碰到這種人。因為最近不管是哪個人，都不上不下地同時具備善惡兩面。像這種只展現出邪惡一面的傢伙其實對付起來很輕鬆，因為不需要多費心為對方設想。

話說回來，難怪諾克巴拉這傢伙總是待在公會裡。

他是留在這裡監視有可能幹下不法勾當的傢伙。然後只要一找到那種人，就像這樣開口威脅。真是輕鬆的買賣啊，要是去舉發，這傢伙應該會直接完蛋吧……不，那樣一來會導致舉發人自身的不法行為也曝光。

「我看你們幾個好像撈了不少錢，嘿嘿，鐵錢兩枚是小事吧？」

「我……我可以問幾個問題嗎？」

我裝出感到動搖的模樣，同時冷靜地繼續對話。

「啥？」

「這次的事情，果然會被歸類到買賣委託的行為吧……？」

「沒錯。要是被抓到，就會剝奪冒險者資格，還會被罰錢。你不想這樣吧？」

「不想，的確不想。」

冷靜，現在還不是必須慌亂的事態。這種狀況也在預料之中。

沒問題，還可以應付。

「總……總之我們現在手上沒有錢，可以先和賈利爾先生去回報委託結果嗎？」

「行，但可別逃啊。」

「那是當然，大爺～」

我一邊認定這傢伙的腦袋果然還是不太靈光，同時走向櫃台。

「喂……怎麼辦？該怎麼辦？」

「冷靜一點，裝出平靜的樣子。」

我一邊隨便對應陷入動搖狀態的賈利爾，同時對著威絲凱爾招手，叫她過來。把完成卡片交給櫃台，領取報酬。同時解散「P-Hunter」，讓賈利爾與威絲凱爾都加入「Dead End」。

或許這是沒有意義的動作，因為我不確定冒險者公會的帳簿記載了多詳細的資料。

看向後方，瑞傑路德滿臉憤怒神色。他的視線盯緊諾克巴拉。

雖然這次違反規則的人是我們，不過以此要脅他人的行為似乎不符合戰士的準則。總之，我利用肢體動作制止瑞傑路德。

艾莉絲似乎沒弄清楚狀況。要是她聽得懂語言，頭一個出手攻擊諾克巴拉的人大概會是她。而且還會拔劍，而不是只用拳頭。

「好了，總之先把這個月的份交上來吧。」

我一回來，諾克巴拉就毫不客氣地把手搭到我的肩上。臉上掛著討好笑容的賈利爾正打算把剛拿到的兩枚鐵錢遞給諾克巴拉，我抓住他的手阻止這行動。

「給錢之前，還有一件事。」

「什麼？你快一點，我這個人沒多少耐性。」

我在心中深呼吸，祈禱一切能順利進行。

「你應該有我們真的做了違規行為的證據吧？」

公會內部響起諾克巴拉充滿怒意的咂舌聲。

★★★

「Dead End」處理過的委託從公會帳簿中被一一篩選而出。

公會職員並沒有詢問我們為什麼需要這些資料，看來諾克巴拉並不是今天才第一次這樣做。他打算根據這些資料，前去拜訪委託人。

「可別打著躲進巷子裡殺人的主意喔。」

諾克巴拉看著瑞傑路德和賈利爾這樣說。我覺得瑞傑路德的殺氣相當驚人，他難道不害怕嗎？

說不定他已經很習慣承受這樣的殺氣。

「只要我一死，同夥就會向公會報告。而且和號稱C級的你們不同，我可是能升上B級的C級。」

最後這句話再怎麼樣也只是虛張聲勢吧，他不可能真的認為一打五還打得贏。

就算諾克巴拉正在威脅我們，他應該也不想死。

話說回來他還真是思慮不周，如果是我，至少會帶個護衛。

「好了，到啦。」

第一個地方，是一間我沒見過的民宅。

敲門之後，裡面走出一位看起來似乎很乖僻的老婆婆。

長著鷹勾鼻，身穿黑色長袍。

房子內部傳出一股甜膩膩的味道。

恐怕是在裡面製作攪○棉花糖吧……（註：攪攪綿花糖（ねるねるねるね）是 Kracie Foods 推出的一種零食，最早的電視廣告就是一個身穿黑衣的魔女老婆婆）

看到我們的老婆婆露出疑惑神色，不過一看到威絲凱爾，立刻換上笑容。

「哎呀，這不是威絲凱爾嗎？今天怎麼了？居然帶這麼多人來。噢，他們就是『Dead End的瑞傑路德』的成員嗎？」

諾克巴拉愣了一下看向我們，發現老婆婆的視線是放在威絲凱爾臉上之後，就「哼！」了一聲，露出不懷好意的笑容。

「老婆婆，這些傢伙不是『Dead End』，妳被騙了。」

「啥？」

老婆婆瞄了諾克巴拉一眼，哼著鼻子笑了。

「哼！你倒是說說他們騙我什麼？」

「要我說騙了什麼……」

「威絲凱爾確實幫我驅除了害蟲，不愧是茲梅巴族。自從那天之後，家裡連隻蟲影都沒看到。」

看來這個老婆婆是威絲凱爾處理過的委託。

話說起來，讓瑞傑路德去監視的案件中，的確有這一段故事。

「既然有確實完成工作，就算是真正的『Dead End』，我也無所謂。」

不是只有諾克巴拉因為這句話而受到衝擊。

連瑞傑路德本人也露出一臉驚訝表情。

「可……可是啊！」

「反正我已經沒多少日子了，要是最後能碰到那種有名人物，倒還真想見上一面。」

驚慌失措的諾克巴拉露出煩躁表情，轉身面對威絲凱爾。

「威絲凱爾！妳給我把冒險者卡片拿出來！」

威絲凱爾先愣了一下，接著卻咧嘴一笑，依言拿出卡片。

那是一張上面寫著隊伍名：「Dead End」的卡片。

「什麼！混……混帳……你們這些傢伙動過手腳了……！」

「P-Hunter」已經不存在。不過只要調查，公會帳簿裡大概還留有紀錄吧。

而且要是進一步調查，說不定還會查到有哪裡牴觸規約。

然而，諾克巴拉似乎沒想得那麼遠。

「混帳！下一家！」

知道沒有要回公會，我露出得意笑容，跟著諾克巴拉往前走。

找過數十位委託人後，諾克巴拉的臉由紅轉青。

「混帳東西！到底是怎麼回事！」

每一個委託人都認定賈利爾與威絲凱爾是「Dead End」。

而且冒險者卡片上也顯示「Dead End」。

甚至到最後，我們去拜訪第一件委託的少女時，她還發出歡喜叫聲，衝上來抱住瑞傑路德的腳。真是讓人開心的意外插曲。

「諾克巴拉先生。不好意思，要是沒有證據，我們不能付錢給你。」

「混帳！」

是說，我們應該可以反過來去公會舉發他吧？捏造出他妨礙我們處理委託之類的說詞。

「哼哼哼……」

我忍不住發出邪惡笑聲。這時，來到有最後一個委託人的地方。

居然是狼之足爪亭，賈利爾他們似乎有來我們住宿的旅社服務。

萬一有認識我們的人的確很難敷衍過去，不過我不記得自己和旅社老闆有建立起什麼交情。算了，跟之前一樣，應該會有什麼辦法吧。

「最後是那些傢伙。」

有兩個人走出狼之足爪亭的大門。

一看到那兩人，我整個身子僵住。

腦袋裡敲響警鐘，提醒我情況不妙。Emergency！突然發生空襲！敵機來襲！出現不測事態！

我考慮不夠周到的地方，還有腦袋不靈光的事實，到此全都浮上表面。

「啊，魯迪烏斯，妳回來了……辛苦啦。不過這是怎麼了？帶著一大群人。」

庫爾特一臉精疲力盡地迎接我們。

諾克巴拉不知道是察覺到我的焦慮，還是打從一開始就打算這樣做。

「喂，之前在石化之森裡救了你們的人是『Dead End』沒錯吧？」

現在「Dead End」的隊伍層級是D級，「P-Hunter」承接的那個委託是B級。

換句話說，我們不能承接那個委託，也就是只要進行調查，就會露出破綻。

「這個嘛……」

庫爾特看了看我和瑞傑路德的臉，我拚命地搖頭暗示他別說。

（快點裝腔作勢啊！你根本沒有借用任何人的力量。只靠著同伴就脫離險境，沒錯吧？）

就這樣，我祈禱庫爾特等人至少要裝模作樣地反駁，聲稱他們不知道諾克巴拉在說什麼，也根本沒有受到任何人的幫助。庫爾特看到我的動作後，重重點頭。

「那還用說！我從來沒看過跟他們一樣強的傢伙！」

哎呀討厭真是誠實啊！

庫爾特開始敘述我們是以多強大的姿態來葬送劊子手和杏仁巨蟒，而且這段說明還加油添醋又繪聲繪影。

「魯迪烏斯先生真的超強爆帥！那個劊子玩意兒是很威也很恐怖，不過根本尬不過 Dead End 啦！你知道劊子玩意兒跟魯迪烏斯先生單挑之後結果如何嗎？一招！真的！就一招劊子玩意兒就爆死啦！整個被壓爛！瑞傑路德先生也超威猛！只是這邊晃一下那邊動一下！巨蟒就掛點了！而且明明在做超誇張的事情，還一臉輕鬆的樣子！哎呀！真的讓人超感動的啦！」

「是嗎是嗎喔喔喔那還真了不起～」聽到這種內容的解說，諾克巴拉一直掛著不懷好意的笑容。

然後，他轉身面對我們。

「好奇怪啊～在城鎮內接了委託的人，怎麼跑去石化之森救人了？」

「不，那個……我們是和賈利爾一起……」

「賈利爾和威絲凱爾也一直待在城鎮裡喔。」

這下無法繼續掩飾，諾克巴拉腦袋裡肯定已經想好能把我們逼上絕路的方法。冷靜下來，應該還有什麼對策。

快動腦，首先要想出三個選項。好，我想到了！

一、**殺掉諾克巴拉**

如果相信他有同夥的說詞，這樣做絕對不會讓事態往好方向發展。

然而，說不定會意外發生什麼好變化，一切全看運氣。是下策。

二、**把所有的罪都推到賈利爾身上**

我們是新手，他們是老手。只要高聲主張我們只是被騙，只是被他們壓榨，說不定會有人相信。

但是，會失去瑞傑路德對我的信賴，所以不能背叛同伴。是下策。

三、**現在先乖乖給錢，再找機會想辦法解決**

這也是全靠運氣。或許可以很快找到解決的辦法，不過萬一被諾克巴拉發現我們的戰鬥力，為了避免我們逃走，他說不定會布下第二重、第三重陷阱。阻止我們逃出城鎮，也阻止我們脫離他們的掌控。是下策。

不行，全是下策。腦袋不靈光的傢伙就算想破頭也只是浪費時間。

怎麼辦？最輕鬆的是第二個，不過恐怕也是最糟糕的一步棋。

是只能應付當下，絕對不會通往未來的方法。背叛賈利爾他們的行為，等於是在破壞和瑞傑路德之間的信賴關係。瑞傑路德再也不會相信我的話。

所以第二個不行，絕對不行。

第一個也不行，根本沒有意義。會讓我們至今的努力全部化為泡影。

就算這裡是對意外死亡非常寬容的魔大陸，也完全無關。

是因為只要動手一次，接下來就會想要利用相同方法來解決類似情況。我不打算走上沾滿鮮血的道路，我沒做好那種心理準備。

第三項更不用說。把錢交給這種傢伙，等於是承認自己有不法行為，萬萬不可為之。而且在遭到對方控制的期間，說不定會再犯下第二、第三個罪行。為了處理那些罪行，對方有可能會提出更過分的要求。如果是我，大概會要求艾莉絲獻出身體吧。那樣一來，結果還是得把諾克巴拉殺掉。

不，算來算去還是只能選第三個嗎？

不對，如果要選第三個，還不如一開始就選第一個。只能殺掉諾克巴拉和他的同夥。

只能殺人嗎？真的要動手嗎……只有動手這條路嗎……？

我真的能夠奪走人命嗎？還有不知道在哪裡的其他同夥又該怎麼辦？

讓瑞傑路德去找？

怎麼找？

就算是瑞傑路德，要是不知道到底該找誰，恐怕也無法找到。

要不要乾脆放棄冒險者身分呢？即使沒有資格，我們還是能活下去。

我大概已經清楚在這個大陸上存錢的方法。然而，就算我選擇乾脆捨棄，賈利爾他們又會有什麼下場？一旦進行調查，說不定綁架寵物的過去會被挖出來。

我們已經賺到一些錢，只要離開這城鎮就行。

但是他們不一樣，賈利爾和威絲凱爾住在這裡。要是他們曾經綁架寵物的惡行被其他人知道，是不是會被趕出這個城鎮？

他們沒有辦法在平原上求生，所以到頭來，這算不算是背叛兩人？

還是我們要繼續照顧被趕出城鎮的他們？

辦不到，光是我們自己都已經過得捉襟見肘，哪有可能多照顧人。

……不，事已至此，還是下定決心吧。

做好要踏上染血道路的覺悟，快回想起自己的目的是要把艾莉絲平安送回家。

為了達到目的，不管是瑞傑路德還是賈利爾他們，都可以背叛。

即使結果會造成艾莉絲瞧不起我，也無所謂。就算會沒臉去見保羅和洛琪希，也沒關係！

我要使用水聖級魔法淹沒城鎮，然後趁亂帶著艾莉絲逃走。

冒險者資格只能放棄。不管要沾染任何邪惡行徑，我都要達成目的。

動手吧……

★ ★ ★

我下定決心，將魔力聚集在手上。這時突然注意到……

諾克巴拉的表情一整個轉變。

「嗚……啊……」

他的馬臉整個發青，雙腿也不斷發抖。他的視線並不是在看我，而是在看後面。

我回身一看。

是瑞傑路德，被水淋濕的瑞傑路德。

他旁邊還倒著原本應該放在旅社後方的水瓶。

「瑞……瑞傑路德先生？」

鮮艷的翠綠色進入我眼中。

翠綠色的頭髮整個溼透，反射出光芒。

由於被水淋濕，因此藍色的染料被洗掉了。

蓋住額頭的護額也被解開，暴露出額頭上的寶石。

帶著滿臉憤怒的惡魔戰士就站在那裡。

「斯……斯……斯佩路德……」

諾克巴拉一屁股坐倒在地。

「我就是『Dead End』瑞傑路德．斯佩路迪亞。既然身分已經曝光，那麼不得已，我只能殺光所有人。」

他的演技非常爛，聲調根本是一片平坦。只有殺氣是真的。

「呀啊啊啊啊啊啊啊啊！」

某個人發出慘叫。走在路上的少女、青年、老人，全都扔下手裡的東西，一邊大叫一邊奔逃。在這種狀況下，賈利爾第一個背叛。

「我只是被威脅而已！我什麼都不知道！我們不是同夥！」

他這樣吼完，就帶著威絲凱爾一起逃走。

庫爾特已經腿軟。或許是他回想起自己前幾天才對瑞傑路德大呼小叫過，一整個臉色發青，還嚇到漏尿。只不過是頭髮顏色變了，這些傢伙到底是怕什麼怕成這樣？我實在無法理解。因為，你們之前不是都表現得很普通嗎？

像庫爾特，我說你啊，剛剛不是才拚命稱讚瑞傑路德嗎？還說過將來想要變成像瑞傑路德那樣的人，也以尊敬的眼神看他，不是嗎？

結果，為什麼光看到這個髮色，就嚇成這副模樣？

你們看看艾莉絲，她明明不知道發生什麼事，依舊表現得一派泰然自若。

她一如往常地雙手抱胸，把雙腳張開到與肩同寬，下巴整個抬高，靜靜地睜大雙眼，看起來不是非常沉著嗎？

周圍有人忙著逃跑，有人邊發抖邊癱倒在地，有人雖然已經拔劍，但是雙腳卻不斷打顫。

雖然有各式各樣的人，但每一個都在發抖。

原來這麼誇張。

原來「Dead End」現身，還有只不過是「綠色頭髮」的事實，具備這麼誇張的意義和威力。

哈，真讓人忍不住想笑。我想做的事情到底算什麼？明明光是露出頭髮就足以造成這種狀況，我卻以為自己一個人努力能改善什麼嗎？

實在有夠蠢。只不過是因為艾莉絲可以接受，因為米格路德族可以接受，就以為其他人也可以接受嗎？真是白費力氣。

斯佩路德族的負面評價不只是評價。

而是恐怖的象徵。

要導正這觀念？沒用的，根本不可能辦到。

「…………」

瑞傑路德在此起彼落的悲號慘叫聲中，慢慢走向諾克巴拉。

「你這傢伙……叫諾克巴拉對吧？」

他抓住對方的領口，把諾克巴拉整個往上提。那看起來很沉重的身體被他輕鬆地舉起。

「瑞傑路德先生！不可以殺他！」

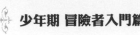

事已至此，我還在說這種話。

但是真的不能殺他。要是在這種狀況下殺人，會在 Dead End 這名字上留下一輩子無法抹滅的傷痕。

不，已經沒救了嗎？根本是馬後炮嗎？

事到如今就算想要補救也已經太遲，算了吧。動手吧，狂〇士！（註：出自電玩遊戲《Fate/stay night》裡面的角色狂戰士（Berserker），其主人伊莉雅斯菲爾．馮．愛因茲貝倫的台詞）

「對……對不起……我……我沒有想到你是真貨！饒……饒了我吧！求求你！」

「……」

瑞傑路德滿臉憤怒，諾克巴拉渾身發抖。

「我說，到底發生什麼事了！」

這時，艾莉絲突然對我搭話。我放慢語調回答：

「現在是最糟糕的事態。」

「你快點想想辦法啊！」

「我辦不到，對不起。」

「既然魯迪烏斯你都辦不到，那真的無計可施了呢！」

艾莉絲很乾脆地放棄，我自己也早就放棄。完全束手無策，這全都是我的責任。

我原本以為就算被人發現，也總有辦法解決。抱著粗淺的觀念，以為無論事態如何演變，也不會有問題。結果根本不行。

既然已經來到這步田地，講到我還能做什麼，大概只剩下按照當初的預定，讓一切都付諸流水了。

利用水聖級魔術。哈哈哈，我只是開玩笑。

「饒……饒了我吧……我……我還有七個餓著肚子的三歲小孩啊！」

諾克巴拉講出亂七八糟的求饒台詞。

怎麼聽都是信口胡扯，就連我都能講得更好。

「……我會離開這城鎮，所以你也把我忘了。」

然而，瑞傑路德卻乾脆地放過他。

果然「小孩」這個詞發揮了效果嗎？

「啊……是……是……感謝……」

諾克巴拉臉上原本露出覺得自己得救的表情，但聽到下一句話後，又立刻整個扭曲。

「不過，要是我到達下一個城鎮時發現我們的冒險者資格已經被剝奪……」

瑞傑路德用槍尖在諾克巴拉的臉頰劃出一道傷口。

諾克巴拉的褲襠整個溼透，屁股後面也鼓了起來。

「可別以為我無法闖入這裡啊……」

諾克巴拉連連點頭。

瑞傑路德放開手，諾克巴拉摔到地上，發出噁心的噗滋聲。

★★★

於是，瑞傑路德被趕出城鎮。

他扛起所有罪名，一個人逃走。

太過分了。

瑞傑路德自己衝了出去，丟下我們兩人。

衛兵們趕來現場並詢問狀況，我有提出抗辯，聲明瑞傑路德並沒有錯。

然而，這只是小孩子的發言。

衛兵們擅自認定是他威脅我說那些話。

瑞傑路德圖謀不軌，我們受他利用。雖然不知道他想做什麼壞事，但運氣很好，避免了最壞的事態。這就是他們心中的結論。

周圍的人們都以憐憫的眼神看著我和艾莉絲。把我們當成什麼都不懂，只是被壞人利用的小孩。

我感到滿腔怒火在熊熊燃燒。

瑞傑路德到底做了什麼？明明全都是我做的。

明明這是我的天真想法引發的事態啊。

我們回到旅社，立刻收拾行李。整理好不算多的行李後，我們離開了旅社。

動作必須快點，否則或許瑞傑路德會前往其他地方。

不管怎麼樣，反正我們也無法繼續待在這個城鎮裡。諾克巴拉還活著，還說過他有同夥。我們的違法行為也依然擺在那裡，等到事態沉靜下來後，萬一再碰上問題，不會再有瑞傑路德來救我們。

「那個……魯迪烏斯……」

走出旅社後，庫爾特對我搭話。

他的表情充滿困惑，像是不知道該說什麼才好。

「我說你……為什麼會和那種人在一起？」

「別講什麼『那種人』，你還記得是誰救了你的命嗎？結果卻怕到尿褲子，還敢說什麼要出人頭地。」

「不……那個……對不起。」

不，我不該把氣出在庫爾特身上。這傢伙站在想幫助我的一邊。

「抱歉，庫爾特。我說得太過分了。」

「不，沒關係。反正是事實。」

庫爾特真是個好傢伙，不過艾莉絲卻把雙手藏在身後還狠狠瞪著他。

「庫爾特，我有事情拜託你。算是報答我們的救命之恩吧。」

「嗯，什麼事？」

庫爾特帶著認真表情點頭。

「瑞傑路德不是壞蛋。雖然以前發生的事情讓他受到眾人畏懼，不過他其實是個好人。等我們離開這城鎮後，請你繼續幫忙散播這個傳言。」

「啊……嗯，我明白。因為他是我的救命恩人啊。」

他真的明白嗎？

算了，雖然只是口頭承諾，但說不定庫爾特真的會去做。

我們前往冒險者公會，讓賈利爾和威絲凱爾退出「Dead End」。

順便麻煩職員幫忙帶個口信。

「請代為轉達，說雖然演變成這樣，但是之前真是幫了大忙，謝謝。還有『那個人』也感謝他們。」

那兩個傢伙在最後背叛我們，但是，或許那也是無可奈何的事情。

到頭來，他們想要平安脫身，也只有這條路可走。

如果扣掉最後的部分，我們的確受了不少照顧。

在前往城鎮入口的途中，我買下一隻用途是運輸，外型類似蜥蜴的養殖爬蟲類。這是長著六隻腳，一雙大眼還挺可愛的蜥蜴。在魔大陸上，這傢伙具備類似馬車的功用。而且這品種可以輕鬆載運兩名體格健壯的大人，要價鐵錢十枚，等於所有財產的一半。

不過我之前就已經決定，再度踏上旅途時只要買這個。因為我曾經聽說在魔大陸上移動時，有沒有這隻蜥蜴會造成很大的差異。

向店主請教操控方法後，我把行李放到蜥蜴上，朝著城鎮外前進。

門口有許多士兵，或許他們等一下就要出發去追殺瑞傑路德。

在士兵中有看過的臉孔，就是那兩個蜥蜴頭和豬頭。他們雖然臉色發青，但表情還是很興奮。

我找兩人搭話，結果得到「Dead End」剛剛離開城鎮，叫我們要小心點的忠告。

然後他們開始說些「Dead End 是惡魔」、「到底想在城鎮裡做什麼不軌行徑」等單憑臆測就斷定他是惡棍的發言，明明他們根本不認識瑞傑路德。

「那個人在這裡住了將近兩個月，並沒有引起任何問題。」

我忍不住反駁了這麼一句，門口衛兵「啥？」了一聲，露出沒聽懂的表情。

瞪著兩人咂舌後，我們離開城鎮。

心裡滿是焦躁。

必須再度見到瑞傑路德。

他還待在附近嗎？不，應該在。

如果他身為戰士的高潔尊嚴是真的，那麼他不可能拋下我們……不，拋下艾莉絲。

「到這裡應該就可以了。」

來到看不見城鎮的地方後，我朝著天空放出魔術煙火。

聲響轟隆響起，熱氣從天而降，閃光飛散四方。等了一會兒之後，瑞傑路德並沒有出現。

「艾莉絲也幫忙呼喚瑞傑路德吧。」

艾莉絲大聲叫著瑞傑路德的名字，真的很大聲。

結果之後出現的東西，是帕克斯郊狼。心情正差的我就把氣發在這些傢伙身上。周邊的岩石區成了漂亮的廣場，帕克斯郊狼化為肉片。

像這樣打碎之後，還會變成殭屍復活嗎？

哼！反正那種城鎮的人根本不關我的事。

「你看，是瑞傑路德！」

在戰鬥結束後，瑞傑路德出現了。

他的表情有點尷尬，但我不希望他這樣。

「為什麼我們找你時，你沒有立刻出現呢？你打算一聲不響地離開嗎？」

然而不知道為什麼，我的嘴巴卻說出像是在責備他的質問。

明明我的本意不是這樣。

「抱歉。」

瑞傑路德開口第一句話就是道歉，讓我感到無地自容。

無論怎麼想，都是我不好。

因為得意忘形所以拉攏賈利爾他們加入，想要利用輕鬆隨便的方法前進，壞事卻被揭發並被人抓住把柄，這時依然天真地認為應該能有辦法，結果最後走投無路……

讓瑞傑路德出面幫忙收拾殘局。要不是他挺身扛下所有罪名，說不定我們會被一直困在那個城鎮裡。

不，諾克巴拉是那方面的行家。就算沒有庫爾特他們，他應該也有辦法把我們逼上絕境。

「你為什麼要道歉呢？該道歉的人是我。」

我感到如坐針氈。

「不，你已經把能做的事情都做了。」

「可是……」

「作戰本來就會伴隨著失敗。我很清楚你日夜都在費心勞神，努力思考各種事情。」

瑞傑路德突然笑了，把手放到我頭上。

「不過，我以前不懂你到底在想些什麼，而且直到今天，都一直認為想必是一些不良企圖。所以才會對那麼多事情欠缺耐性。」

瑞傑路德看了看艾莉絲，然後點點頭。

「但是你只是因為想要保護某事物才那麼拚命。之前，你準備殺掉那傢伙的時候，我見識到你的這份決心。」

他說之前……噢，是我想把整個城鎮淹掉的時候嗎？

「有著守護對象的你，是一名戰士。」

被瑞傑路德承認是戰士——讓我差點落淚。

我沒那麼了不起。只會很膚淺地想賺錢，滿腦子都在計算得失，甚至連瑞傑路德都試圖捨棄。

對，我打算捨棄在最後的最後還能倚靠的對象。

「瑞傑路德先生……我……不，我……」

我想講出真摯的話語，真的是自身想法的話語。放下敬語這個鎧甲，講出真正出自我本人的言詞……但是，我卻不知道自己到底要說什麼。

「不用說了。」

瑞傑路德打斷我的發言。

「以後就把我的事情往後放吧。」

「咦？」

「放心吧，就算沒有挽回負面評價，我還是會保護你們。相信我就對了，不，請你們相信我。」

我相信他，也信賴他。他說不需要做那件事也沒關係。

原來如此，的確幫忙宣揚瑞傑路德的名聲是一件困難的任務。

要是目的有兩個，行動會變得不明確，也會出現勉強自己的狀況。我這陣子在精神上的壓力相當大。無法思考原本能想通的理論，也無法想到原本會想到的事情。結果，就是引起這次的失敗。

所以他要我可以不必幫忙挽回評價。

然而，這不是能讓人接受的提議。親眼目睹那種光景，那種彷彿會被整個城鎮的人丟石頭攻擊的狀況之後，我怎麼可能說出：「好，我明白了，那麼以後請你待在城鎮外等待。」之類的言論呢？

「不，我一定會消除瑞傑路德先生你的負面評價。」

他的提議反而讓我重新下定決心。

這是我盡可能的報恩，下次會試著做得更好。

會在不勉強自己，能確實辦到的範圍內去努力。

「你真是個學不乖的傢伙，這麼無法相信我嗎？」

「我相信你啊，所以才會想要報答你。」

因為我以前也受過霸凌。

曾經被貼上標籤，因此飽受痛苦，才會在沒有其他人的世界躲了幾十年。要不是有洛琪希帶我走出來，我甚至不會認識希露菲和艾莉絲。

瑞傑路德的狀況和我不太一樣，規模也完全不同。我很清楚這種事。然而就算是那樣，還是不構成讓我捨棄他的理由。

我並非像洛琪希那樣能夠無自覺地辦到。我能做到的只有一邊不斷失敗，同時繼續在泥巴裡掙扎往前爬行而已。

或許反而會造成瑞傑路德的困擾。或許又會像這次一樣失敗，麻煩瑞傑路德幫忙收拾殘局。不過沒關係。

起碼勝過什麼都不做。

「……你真是個頑固的傢伙。」

「沒有瑞傑路德先生你那麼誇張。」

「呵。那麼，就麻煩你了。」

瑞傑路德露出苦笑，平靜地點頭。

不知道為什麼。我在這個時候，覺得自己和瑞傑路德終於建立起真正的信賴關係。

★ ★ ★

第二天早上，我醒來後發現瑞傑路德成了光頭。

與其說感到震驚，還不如說是感到恐怖。

光頭再配合臉上的傷，讓他真的活像流氓。

「因為經過這次的事件，讓我明白人們是害怕我的頭髮。」

我認為他的決心真的很了不起。根據我的常識，剃光頭這種行動代表決意和反省。雖然這個世界裡沒有這種常識，但是……

看到他的行動，讓我有種自己也該剃光頭的感覺。

要反省的話必須實際行動。

既然瑞傑路德已經這樣做，那麼我是不是也該剃個光頭？不，可是，問題是……

「艾……艾莉絲，我是不是也該弄成那個樣子？」

「不行，因為我還滿喜歡魯迪烏斯你的頭髮。」

我居然利用艾莉絲來下臺階好脫離窘境，實在有夠沒出息。嘲笑我吧！

第十四話「踏上旅程」

一聽到「魔大陸」，屬於勇者〇惡龍世代的我馬上會聯想到「魔界」這個名詞。

所謂的魔界，就是受到魔王統治，有住著魔物們的小村莊，被人們遺忘的祠堂，還有強大的魔物四處出沒的地方。

然而，這世界不一樣。首先魔王並沒有進行統治。

並不是沒有魔王。現在的魔王大約有三十名，各自以君主之姿適當地管轄不同地區。

但是並沒有統治，頂多只是自稱魔王，擺出很偉大的架子。

基本上，魔王各自擁有取了帥氣名字的禁衛隊或騎士團等軍事力量。守衛利卡里斯鎮的衛兵也是其中之一。他們會和冒險者分開行動，擊退附近的魔物，或是逮捕城鎮內的罪犯，獨自保護自己居住的城鎮。與其說是軍隊，似乎更類似守望相助隊。

我不太清楚魔王和守望相助隊的關係。

是魔王任命他們？還是守望相助隊自稱是魔王的屬下呢？不過如果魔王決定要開戰，他們也會成為魔王軍，所以應該有簽訂某種契約吧？

現在魔王之間並沒有發起戰爭所以相當和平，然而能稱得上和平的地方頂多也只有魔王的管轄範圍附近，魔大陸的大半區域則成了無法地帶。意思是就算南〇字星城和聖〇十字陵周遭很和平，但是兩地之間的路上還是會有不屬於任何陣營的莫霍克髮型集團在恣意橫行。（註：出自於漫畫《北斗神拳》）

順便講一下，利卡里斯鎮一代由名為「巴迪岡迪」的魔王管轄。

據說那是長著六隻手臂，皮膚黝黑，滿身發達肌肉的大魔王。只是現在好像出去流浪，所以行蹤不明。實在很隨性自由。

魔大陸上會有強大的魔物出沒，在冒險者公會中，層級最低的討伐委託是C級。所以反過來說，這大陸上只有C級以上的敵人。大概石魔木可以勉勉強強算是D級吧。

話雖如此，以種族來看，魔族比人族強大。再加上每個魔族種族都各有特性，因此也非常擅長集團戰鬥。即使要升上B級並不容易，但魔大陸的B級冒險者還是比其他大陸的冒險者水準更高。

至於升不上B級的傢伙就會變成諾克巴拉和賈利爾那樣。考慮到這狀況，瑞傑路德實在異常。

他宣稱如果是A級魔物，有能力一個人打倒對方。也就是說他的實力比六七名高水準B級冒險者組成的集團還要強大。「Dead End」這外號果然不是空有虛名。

能獲得這種人物的信賴，我真的單純感到開心。

★★★

離開利卡里斯鎮後，已經過了三天。

或許是因為和瑞傑路德建立起互信關係讓我總算放心，最近的食欲開始變好。

食材本身不怎麼樣，我們的主食是大王陸龜的肉。實在不好吃，根本是很難吃。

所以，我決定多費一點工夫。

如果用火烤很難吃，就改變烹飪方法。

魔術製造的砂鍋，魔術製造的格雷拉特家的好喝清水，魔術製造出的大火力爐灶（人力控制）。我決定使用這三項道具來燉煮。

雖然水很貴重，但我能夠無限製造出來。原本想用壓力鍋把食材燉煮到爛，但是嚐試之後發現差點爆炸，只好作罷。

儘管需要比較長的時間，但瓦斯和水都不要錢。我只要投入感情，慢慢仔細燉煮就好了。

而且使用土魔術製造出的烹飪道具可以用過就丟，非常便利。

雖然過陣子也想試試煙燻法，但是使用石魔木的木片來煙燻似乎也不會好吃。

總之，大王陸龜的肉總算改善了。

原本又硬又難吃的肉，變成柔軟但難吃的肉。

嗯，還是難吃。就算拿來燉煮，果然還是無法去除特有的臭味，難吃的東西就是難吃。

真奇怪，在米格路德族之村裡吃到時，並沒有這麼難吃啊。

到底缺了什麼呢？這時我才回想起來。

少了米格路德族之村種植的植物。我一開始看到時還以為那是快乾枯的作物，但是我錯了。那大概是某種香草，是他們為了去除肉的臭味並讓食物更好吃而發揮的智慧。

我被洛琪希那句「有苦味並不好吃」給徹底騙了。

雖然那是蔬菜，但是並不是用來直接食用。

唉，我們家的師傅真是個迷糊女孩，傷腦筋。

到達下個城鎮後，要購買這類辛香料。要是有其他能用的食材，我也想試試看……不過，這樣算亂花錢嗎？

基本上，魔大陸的食物都很貴。大概因為這裡是植物幾乎無法生長的地區，尤其是蔬菜類特別貴。長得像細細高麗參的蔬菜，必須拿五公斤的肉去交換。

大王陸龜很便宜，可以算是主食。只要獵殺一隻比五噸卡車還巨大的這種魔物，就可以讓相當多家庭吃上好幾天。

話雖如此，也不可能餵飽整個城鎮的人口。有時候他們也會吃帕克斯郊狼，或是寄生在魔木上的昆蟲幼蟲。

就連艾莉絲也對蟲子敬而遠之。

我當然不想嘗試。

這個大陸的飲食文化不適合我。

只要調理得當，大王陸龜的肉還算能夠入口。在低水準的飲食文化中，嗯，的確屬於「好吃」這一類。我也勉勉強強可以同意瑞傑路德的「只要烤過就好吃」評價。

不過，果然還是需要辛香料。

其他兩人似乎不太需要，但是對我來說是不可或缺。換句話說，要基於我的獨斷花錢購買。問題是獨斷並非好事，因為我們是一個團隊。

既然是團隊，養成凡事都彼此討論的習慣應該比較好吧？

★　★　★

「全體集合！」

打算睡覺的艾莉絲正在猶豫該把代替枕頭的布團放在哪裡，閉上眼睛的瑞傑路德正在搜索附近有沒有敵人，這時我開口呼喚他們。

「我想開個會。」

「……開會？」

艾莉絲歪了歪頭。

「嗯，我想在今後的旅途中，應該會碰上各種問題。為了避免到時三人意見不合而吵架，要先針對大略事項進行討論並做出決定。」

「這個……」

艾莉絲露出疑惑的表情，果然她不喜歡參加這種瑣碎的會議嗎？雖然我也可以乾脆只找瑞傑路德討論，但排擠同伴不是好事。

她又不是行李，果然還是該讓艾莉絲也參加這種會議。

「這個就是那個吧？以前你們每個月都會做一次的事情？」

每個月一次？噢，她是指以前我在菲托亞領地擔任家庭教師時，會和其他家庭教師一起舉辦的職員會議嗎？

話說起來，的確開過那樣的會。

「沒錯，就是那個的冒險者版本。」

艾莉絲先抿緊嘴巴，然後來到我面前一屁股坐下。雖然她試圖擺出認真表情，然而嘴邊卻掛著掩不住的開心笑容。

這是怎麼了，又不是什麼有趣的事情……算了，總比感到排斥好。

「我也要參加嗎？」

瑞傑路德提出疑問。我反而很想吐嘈他不參加還能怎樣。

「當然。你待在戰士團的時候，沒有進行過這種討論嗎？」

「沒有，全都由我一個人決定。」

一般來說好像是那樣，就是所謂的要聽領導人的話。

不過，我出身於民主主義國家。

「從今天起，就三個人一起討論，然後三個人一起做出決定吧。」

「了解。」

瑞傑路德率直點頭同意，也彎腰坐下。我們在篝火旁邊圍成一個圓圈。

「好，那麼現在開始舉辦第一次的『Dead End 作戰會議』。拍手。」

啪啪啪啪，三人各自拍手。

「盧迪烏斯，為什麼要拍手？」

「這是規矩。」

「可是你和基列奴他們開會時又沒有拍手。」

妳為什麼知道啊？算了，不重要。

「因為這是值得紀念的第一次，所以要拍手。」

就算職員會議時沒有拍手，現在換成了冒險者身分。當然要炒熱氣氛。

「嗯哼！那麼，我在之前嚴重失敗。」

「不，你的行為並不算失敗……」

「Shut up！瑞傑路德先生，要發言時，請等別人說完以後再舉手。」

我模仿那種戴著三角眼鏡又神經質的人，如此回答。

「明白。」

「很好。」

看到瑞傑路德像是被我的氣勢壓倒而閉上嘴後，我繼續說道：

「我有找到幾個失敗的原因。」

例如疏於情報收集、滿腦子都想賺錢、或是過度想要一箭雙鵰等等。

算了，這些問題以後再分別注意。

「總之為了作為預防措施，今後應該要密切進行報告、聯絡、商量等動作。這三個動作簡稱為『報聯商』，其實非常重要。」

「報聯商嗎……？」

報聯商，非常重要。只要吃下一罐，就可以把強壯的大塊頭打飛到星星的另一邊去。（註：報聯商的日文和菠菜同音，所以這裡是在講大力水手）

「沒錯，就是報聯商。想採取行動前，首先要找人商量！」

「嗯，具體來說該怎麼做才好？」

「要是碰上想做的事情或是困擾的事情，每一次都要記得提出來。」

老實說，我並不知道社會上在商量時到底會做什麼事情……

不過也不需要想得那麼困難，我們只要做自己能辦到的事情就可以了。

「我也會請問你們兩位。被問到的人請動腦思考，到底該做還是不該做？這樣一來，說不定會想到對方沒有意識到的好方案。」

回想起來，我經常沒找瑞傑路德商量就自行做出決定。雖然嘴巴上聲稱信任他，但是或許我的內心深處根本沒有相信過瑞傑路德。

「然後是聯絡。要是注意到什麼或是發現什麼，就告訴身邊的另一個人。」

「嗯嗯。」艾莉絲帶著為難表情點頭，她真的有聽懂嗎？

「最後是報告。雖然過程也很重要，但只報告結果是成功或失敗也沒關係。這個動作要來找我。」

畢竟基本上我是隊長嘛，要有自覺。

「講到這邊，有什麼問題嗎？」

「沒有，繼續說。」

「我有！」

瑞傑路德搖搖頭，但艾莉絲舉起手。

「好，艾莉絲妳說吧。」

「雖然要三個人一起討論，但最後還是由盧迪烏斯你負責決定吧？」

「嗯，就結果來說是這樣。」

「那，打從一開始就由你來做出全部決定，應該就可以了吧？」

「如果只有我一個，能考量到的範圍有限。」

「但是，我不可能想到連盧迪烏斯你都想不到的事情呀！」

聽到這種想法雖然讓我很感謝，不過要是把話講白，主要是因為我也想要放心。想要和別人商量，然後獲得「沒問題，你一定能辦到」這樣的回應。

「就算艾莉絲妳本身沒有想到什麼提案，或許我也會因為妳的發言而獲得提示，然後聯想到哪個好主意。」

「真的會那樣嗎……」

看艾莉絲的表情，她似乎不太理解。算了，剛開始的時候這也是正常狀況。

重點是要開始動腦。

「那麼，總之，我想要決定關於今後的事。」

今後。我們並沒有做好充足準備，但旅途已經開始。

雖然只能走一步算一步，但也只能前進。

「首先是目的地，最後的目的地是阿斯拉王國，位於中央大陸西部。這點沒問題吧？」

兩人都點了點頭。問題是無法直接從魔大陸前往中央大陸。

因為沒有航線。在這個世界裡，海洋受到海族支配，既定航線以外的地方都無法通過。

「瑞傑路德先生，從哪裡可以前往米里斯大陸？」

「魔大陸最南端的港口都市，溫恩港有出船。」

所以，如果想前往中央大陸，必須通過以下路徑：從魔大陸南部前往米里斯大陸，穿越米里斯大陸，再從米里斯大陸的西部前往中央大陸的東南部。

不過呢，其實有條像祕技般的路線。

那就是從魔大陸西北取道天大陸的走法。只要走這條路線，可以不必經過米里斯大陸就到達中央大陸。如果只是想前往中央大陸，理論上能夠縮短好幾個月的時間。

但是這條路沒有嘴上講得那麼簡單。

天大陸是位於斷崖絕壁上的大陸，除非有翅膀能飛，否則只能沿著峭壁往上爬。沒有現成的路，也沒有安定的立足點，還會出現大量魔物。據說是生存率只有百分之五的嚴苛路線。

而且就算通過天大陸，會到達的地方也是中央大陸上環境最嚴酷的北方大地，因此大概只有被賞金獵人追殺的通緝犯會這樣走。

能縮短幾個月的講法終究只是理論，實際上大概會花費更多時間吧。

以結果來說，旅程日數並不會出現那麼大的差距，沒有必要特地涉險。

基於以上，我們要前往的目標是南方。

「你知道船票是多少錢嗎？」

「不知道。」

「那麼這段路程大概要花多少時間呢？」

「會花相當長的時間。不眠不休趕路的話……差不多半年吧。」

不眠不休趕路也要半年，好遠。

「有沒有什麼移動手段呢？例如轉移魔法陣之類。」

「我聽說轉移魔法陣在第二次人魔大戰時被列為禁術。想找的話或許哪個地方還留有這樣的轉移魔法陣，不過要實際使用應該有困難吧。」

我只是隨口說說，沒想到真的有旅〇扉啊。（註：出自電玩《勇者鬥惡龍》，類似傳送門）

「所以結果，只能在地面上步行移動嗎？」

「嗯。」

看來沒有能夠高速移動的手段。要持續移動半年……唔。不對，連續趕路半年的想法行不通。要一點點移動，從這個城鎮到下個城鎮，只要以這種模式來推論就好。

就是所謂的「千里之行，始於足下」。

「如果我們要把最南端的港口都市溫恩港當成當前目標，要花多少時間才能到達下個城鎮？」

「應該兩星期左右就能到達大型城鎮。」

兩星期……城鎮和城鎮之間的距離大概是這種感覺嗎？

「那裡會有冒險者公會嗎？」

「大概有吧。」

瑞傑路德說，以前是每個種族都會自成一個聚落，然後城鎮是各聚落之間進行情報交換和以物易物的地方。

因此不存在小規模的城鎮，大城鎮裡也理所當然地會設置聚集各種族戰士的冒險者公會。

此外，以前並沒有冒險者公會，似乎是由各種族選出的代表戰士負責保護城鎮。而且據說為了不常戰鬥的種族，還會由戰鬥成員較多的種族代為派出戰士。

斯佩路德族與米格路德族之間的關係好像就類似這樣。

為了加強種族間的聯繫，不同種族之間好像也會通婚。難怪魔族有那麼多種族，因為二分之一或四分之一血統的混血太多了。

哎呀，離題了。

「那麼，我想我們就沿著有冒險者公會的城鎮輾轉移動吧。」

到達城鎮後先停留一星期到兩星期，只要冒險者資格沒有遭到剝奪，就以這身分承接委託，同時宣傳「Dead End」的名聲。

等存夠能前往下個城鎮的旅費後，立刻啟程。

「就是這樣的流程，有什麼問題或意見嗎？」

瑞傑路德舉手。

「不需要宣傳我的名聲，我就是這樣想才剃掉頭髮。現在的我並不是斯佩路德族。」

「嗯，我只是想在進行委託時順便宣傳一下而已，只是順便。」

看過威絲凱爾他們的工作態度，讓我明白一個道理。其實沒必要要採取什麼特別的行動。

只需誠心誠意地處理工作。要是情況順利，就報上「Dead End 的瑞傑路德」這名號。

萬一狀況不好，就使用魯迪烏斯這名字，就這麼簡單。從現在開始，「Dead End」的汙名要由我來扛起。

不過，這件事可不能告訴瑞傑路德。

嗯？不可以在宣稱商量很重要之後又擅作主張？

何必在意這種小事啊。

「那麼關於待在城鎮裡要做的事情，有沒有什麼疑問？」

「有！」

「請說，艾莉絲同學。」

這種氣氛真讓人懷念，好像是在上課。

「不需要像以前那樣調查商店的價格嗎？」

「妳是說市場調查？」

嗯，話說起來，我在利卡里斯鎮時偷懶沒調查。

在那個城鎮裡，真的都是毫無計畫地走到哪算到哪。像運輸用的蜥蜴，要是我知道行情，說不定能以更便宜的價錢購入。

「進行調查吧，因為知道行情是聰明應用金錢的第一步。還有其他事情嗎？」

瑞傑路德和艾莉絲默默地看著對方。

好像沒有。也罷，大概就是這些事吧。只要我們繼續前進，問題也會一一浮現。屆時只要平心靜氣討論，不要吵架就行了。

「那麼從明天起，要請兩位多多指教關照。」

語畢，我對著他們彎腰行禮。

就這樣，我們展開旅程。

★ ★ ★

來到下一個城鎮後，沒有人認出瑞傑路德是斯佩路德族。

是因為他連眉毛也剃光嗎？在魔大陸上，似乎不存在好好整理髮型的文化，大概是因為他們很重視每個種族特有的外貌吧。

門口衛兵很爽快地放我們進入城鎮。

明明瑞傑路德這樣子與其說是幕府時代的光頭司茶人，反而更像黑手黨或右翼分子，衛兵還是不在意。大概是因為城鎮裡有些人的外表看起來更駭人吧？

而且，打扮成冒險者的模樣果然還是能獲得不同待遇，真的受到熱烈歡迎。

瑞傑路德也很高興地說，他是第一次碰上如此爽快善意的態度。

雖然外表不成問題，在公會裡報上「Dead End」這個隊伍名後，周圍還是紛紛發出「這樣不要緊嗎？」的疑問。一回答因為是真貨所以不要緊，基本上都會引起笑聲。

這個方法似乎還是有效。

即使前往陌生土地也能迅速被接納。到了現在，Dead End 這存在的名聲價值反而很值得感謝。

到達城鎮，投宿旅社後，我們就舉行作戰會議。

這次的議題由艾莉絲提案。她一臉認真地發表：「因為魯迪烏斯會趁洗衣服的時候偷聞我的內褲，希望能停止這種行為」，因此我被禁止接觸艾莉絲的內褲。

然而，這樣一來只剩下瑞傑路德會洗衣服。

因為我無論如何都不能把可愛艾莉絲的內褲交給這種一看到小孩子就無法抑制摸頭衝動的蘿莉控混帳，所以我要求艾莉絲學會洗衣服。

從今天起，洗衣服換成艾莉絲負責的工作。

結果，我發現她偷偷地聞我的內褲。

不過，我絕對不會說希望她停止這種行為。這就叫作男人的肚量。

收集情報並非難事。

只要利用冒險者公會，就能得知大部分情報。方法很簡單，只需裝成小孩去請教其他冒險者。真的很輕鬆，他們什麼都告訴我，讓我簡直想要一直當個小孩。

當我一時得意忘形，想找身材曼妙的女冒險者問清楚三圍尺寸時，慘遭艾莉絲壓制在地。

這世界似乎沒有 tap out 代表投降的概念。（註：格鬥技競賽中，藉由拍打對手身體或是地板兩三次以表示投降之意的動作）

我們按照這種模式從這個城鎮移動到另一個城鎮，越來越靠近南方。

一個月、兩個月過去……

從某一天起，艾莉絲開始學習魔神語。

因為洛琪希的教科書不在手邊，我也無法教得太詳細，不過因為有我和瑞傑路德兩名老師，她似乎很快就能學會。在阿斯拉王國時，艾莉絲明明完全無法學會讀寫啊……果然環境可以改變一個人。

畢竟如果只有自己聽不懂，會造成很龐大的壓力。

「我……我是……艾莉絲．伯雷亞斯．格雷拉特……」

「好，沒有說錯，大小姐。」

「真的嗎？」

嗯，雖然還要努力很久才能進行對話……

但是山本五十六有說過：

「必須做出示範，提出講解，讓人嘗試，並且給予讚美，否則人不會行動。必須彼此對話，仔細傾聽，認同並託付給對方，否則人無法成長。必須帶著感謝之心從旁觀察實際行動的身影，並寄予信賴，否則人不會獲得成就。」

所以，我要靠鼓勵來促使她更進步。

「不愧是大小姐！真有一套！讓人佩服！」

「……你是不是在取笑我？」

「不不不怎麼可能。」

我是不是有點玩過頭了……嗯，不是拚命稱讚就好呢。

「我說，我們應該快要離開魔大陸了吧？」

「預定是那樣，接下來是米里斯大陸。」

說是「快要」，但其實路途還很漫長。

「那，就算我學會魔神語是不是也沒有意義……？」

「說不定我們以後還會來這裡啊。」

雖說受到情勢所迫而產生了幹勁，不過看來艾莉絲依然很討厭念書。

她一方面由我負責傳授魔神語，同時也接受瑞傑路德指導戰鬥方式。

一開始我也有參加，不過老實說，我跟不上。

瑞傑路德的指導方式是默默地不斷互相對戰。最後接受指導的人會被打倒在地，或是會被他拿槍抵住喉嚨。

接著，瑞傑路德會問「懂了嗎？」

我不懂，不管接受幾次指導都不懂。

不過，艾莉絲似乎可以理解，有時候會以恍然大悟的表情回答「懂了！」

如果要問她到底是懂了什麼？其實我也大概能猜到。

我想瑞傑路德應該是在戰鬥中針對我們的弱點攻擊。

所謂的戰鬥總是充滿變化，也會運用到許多部分。正因為如此，他沒有用嘴巴說明而是實際示範。

然而就算如此，我還是無法理解其中道理。要是能夠體會，我大概已經稍微變強一些。

我想艾莉絲大概是天才。在戰鬥方面，她一定擁有我望塵莫及的水準。

老實說，我根本完全無法理解瑞傑路德的戰鬥理論。

不過，艾莉絲可以理解。

她不是只有嘴巴隨便說說「懂了」，而是真的理解了什麼。

而且事實上，艾莉絲變強了，她的戰鬥力突飛猛進。

雖然還沒追上基列奴，但是說不定已經快要可以贏過保羅了……也有可能比使用魔術的我還強。

我也必須考量各方面的問題。

艾莉絲已經成長，我卻原地踏步，這樣實在沒面子。

想找出辦法變強的我曾經瞞著艾莉絲，認真挑戰瑞傑路德。

雖說是認真挑戰，但也是利用把保羅當成假想敵時的近身戰對策……

直接講結論，我輸了。

徹底被打敗。

我想出的近身戰鬥用魔術對瑞傑路德根本沒有一個管用。

「還不錯，你身為魔術師，已經到達完成的境界。」

明明我輸了，瑞傑路德卻給予這種評價。以前，基列奴好像也說過類似的話。

「但是思考模式不妥，沒有必要靠近身戰來打贏我。」

他說我太接近了，就是因為想要採用和對方相同的標準，所以才會陷入苦戰。

雖然我也很清楚這種道理，但是也不可能每一次都可以從遠距離開始戰鬥啊。

「那麼，我該怎麼辦？」

「這個嘛……畢竟魔術不是我的專長……聽說龍族很擅長同時應用魔術的近身戰，問題是我只有稍微旁觀過佩爾基烏斯戰鬥的情況，無法當作參考。」

「你說佩爾基烏斯……就是那個在空中要塞裡的人吧？他採用什麼樣的戰鬥方式？」

「嗯，那傢伙會召喚前龍門和後龍門，自己則是用魔力爪進行戰鬥。」

召喚……我對召喚魔術一無所知……

「那個，前龍門和後龍門是什麼樣的召喚魔術呢？」

「我也不清楚詳情，但感覺前龍門隨時在吸收對手的魔力，而後龍門能把吸收到的魔力轉化成自己的力量。」

所以和佩爾基烏斯交戰時，時間拖越久就會越不利。

但是據說拉普拉斯擁有壓倒性的魔力總量，所以好像沒什麼效果……

不過如果是一般的戰士，還不到五分鐘就會因為體內魔力被吸光而昏倒。

「這個戰法真是卑鄙呢。」

「…………是嗎？」

我本來以為瑞傑路德會認為這種方式很卑鄙，但似乎不是那樣。

果然是因為同樣身為對抗宿敵拉普拉斯的人，讓他對佩爾基烏斯抱著同伴意識嗎？

「不必那麼著急。根據你的年齡，接下來才是能真正變強的時候。」

最後，瑞傑路德這樣說並摸了摸我的頭。

他好像有把我視為戰士，但還是會摸我的頭。

這傢伙只是單純喜歡摸小孩子的頭吧。

不過……究竟要怎麼做才能變強呢？

我抱著這個煩惱，同時繼續往南，再往南移動。
到達城鎮，接受委託，宣傳名聲，累積金錢，然後前往下一個城鎮。
我們重複進行同樣的流程，專心地一路往南前進。
五個月、六個月過去……

在旅程中，有人跑來挑戰瑞傑路德。
「本人是北神卡爾曼直系弟子『孔雀劍奧貝爾』的第三號弟子，羅德里奎茲！」
我一開始誤認對方是賞金獵人。
以為是瑞傑路德不知何時已經遭到通緝。
「看你的舉止，想必是位出名人士！希望能和你比一場勝負！」
然而，看樣子不是。
他自稱是為了修行武術而在魔大陸上四處旅行。
「瑞傑路德先生，怎麼辦？」
「好久沒碰上這種比試。」
根據瑞傑路德所說，魔大陸上似乎有很多進行武術修行的人。因為這裡的魔物很強，能打倒魔物的冒險者們也很強。所以對於那些想要修行的傢伙們來說，是最理想的地方。

毫無意義地變強後，又有什麼用呢？

「要接受也是可以，但你覺得該怎麼做？」

「我認為拒絕也沒關係，但是瑞傑路德先生你自己怎麼想？」

「我是戰士，既然對方提出想要比試，我有意願奉陪。」

既然想打一開始就明說嘛……總之，我訂出了規則。

一、比試並非搏命相戰，禁止給對方最後一擊。

二、我方（瑞傑路德）要到比試結束後才報上名號。

三、不管是輸是贏，都不可以留下遺恨。

對方爽快答應，決鬥開始。

由瑞傑路德獲勝，他展現出能徹底擋下對方全力的動作來取得勝利。感覺並不是有手下留情，而是做出低風險的動作，完全壓制住對方行動。

「我徹底輸了。沒想到居然有如此強大的人……世界真是廣大！那麼，請問尊姓大名？」

「我是瑞傑路德．斯佩路迪亞，也被稱為『Dead End』。」

「什麼！你就是那個『Dead End』嗎！我曾經多次聽過傳聞，說魔大陸上有個恐怖的斯佩路德族男子！」

戰鬥結束後，對方大吃一驚。

沒想到人族並不清楚斯佩路德族的特徵。例如斯佩路德族使用的武器是槍，還有額頭上有紅色寶石等等，有很多人都沒聽說過。

在人族的常識裡，只知道「斯佩路德族的特徵是翠綠色頭髮」這件事。

翠綠色的頭髮。在戰爭結束後已經過了四百年的現今，只剩下這一點成為迫害的理由。

我實在完全無法理解，為什麼頭髮是綠色就會遭受霸凌。

「但是你看起來沒有頭髮。」

「因故剃了。」

「還……還是不要追問理由比較好……」

具備顯然遠勝自己的實力，身為恐怖的象徵斯佩路德族，而且還是傳言中最凶殘的人物。

即使這些條件當然會讓人感到畏懼，然而雙方不愧都身為武人，似乎有什麼能夠彼此心意相通的部分。

對於以強度作為生存基準的那種人來說，瑞傑路德是值得尊敬的對象。

「沒想到居然有幸和歷史上的人物交手……！回到故鄉後可以自豪一番！」

大部分的對手都很高興。

看他們開心的模樣，就像是在路上碰到了好萊塢的大明星，而且那個被認為脾氣不好的大明星還意外地友善。

「本人正是——」

從叫作羅德里奎茲的傢伙開始，持續有人找瑞傑路德挑戰。

越靠近南方，這種比試就越多。在這些進行武術修行的傢伙當中，也有人涉獵學問，還點明瑞傑路德這名字和四百年多前戰爭時的斯佩路德族戰士團團長相同。

回答瑞傑路德就是那個團長後，對方非常驚訝。

結果最後，那個人花了一天一夜聆聽瑞傑路德敘述戰爭的故事。

瑞傑路德老爺爺的往事雖然很長，但是這些沒有加上任何誇飾的真實經歷，似乎能勾起武人的興奮情緒。尤其是他突破千人包圍，長時間潛伏，找上拉普拉斯報仇的那一段，讓對方也忍不住流下男子漢的熱淚。

要是把這故事寫成書並放到市面上流傳，說不定能改變人們對斯佩路德族的看法。

書名可以叫作《實錄！毫無正義之戰　魔大陸死鬥篇！》或是《無人知曉的歷史真相　斯佩路德族》。

因為只要使用土魔術，就能夠印刷。而且我還懂四個大陸的語言。

算了，也有可能會因為牴觸國家法律而遭到逮捕……

總之，先把這件事放在腦袋角落裡吧。

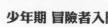

「再會！謝謝你，受教了！」

每一個進行武術修行的人，都愉快地和我們道別，沒有一次是不歡而散。我想這一切應該都要歸功於剃掉頭髮的行動吧。

我看，是不是只要叫所有斯佩路德族都剃成光頭就能解決問題了？

於是我們往南，再往南。

繼續旅程。

八個月、九個月。

當然，過程並不是從頭到尾都一帆風順。

途中曾經多次有狀況。

例如能夠聽懂語言的艾莉絲因為他人嘲笑而翻臉引發衝突；或是瑞傑路德的斯佩路德族身分曝光並遭到驅逐；還有我本來想去偷窺艾莉絲洗澡，卻總是被瑞傑路德抓著後領拖走的情況也很常見。

總之，類似的問題一再發生。

一開始只要出事，我心裡總是感到很鬱悶。

會覺得必須改進，必須想辦法解決。

可是，深入思考以後——

艾莉絲和別人衝突時絕對不會拔劍，瑞傑路德也是，被驅逐的時候並沒有鬧出第一次那樣的騷動。

甚至還有關係不錯的衛兵一臉愧疚地說：「抱歉，一知道你是斯佩路德族，果然還是有一些人非常害怕。」

至於我，結果從來沒能成功偷窺艾莉絲洗澡。

每一個都是些小問題。

沒有發展成大問題。

或許是因為這樣，不知不覺間我已經不再介意。反正艾莉絲就是很粗暴，瑞傑路德就是斯佩路德族，我就是個色狼。天生如此，事到如今就算想要改變，也無法改變。

不過，能力所及的事情都有在進行。

即使失敗，也只要事後補救。

放輕鬆吧，輕鬆點。

從途中開始，我變得可以這樣想。

我絕對沒有輕視失敗的意思。

只是變得能夠實際作到「舒緩壓力」這種其實很理所當然的事情。

簡單又理所當然。

我是在這趟旅程中，因為和瑞傑路德一起行動，才能夠學會這種道理。

就這樣，我們持續旅行了約一年。

在不知不覺之間，已經成為A級的冒險者——

也終於到達魔大陸的最南邊，港口都市「溫恩港」。

無職轉生

到了異世界就拿出真本事

外傳◎「阿斯拉公主與奇蹟天使」

阿斯拉王國的王都亞爾斯是世界上人口最多，而且規模最巨大的都城。

在巨大的都城中央，有據說果然也是世界上最大最美的白色宮殿。

王城「銀之宮」。

然而在宮殿內部，卻充滿和外表完全不符合的汙穢政治鬥爭。

貴族之間互相欺騙，彼此利用。

從清晨到深夜。

據說宮殿內部，甚至是沒有任何人能夠信賴的魔境。

菲托亞領地消滅事件對這種政治鬥爭也帶來非常大的影響。

這次就來敘述成為影響發端的事件吧。

★　★　★

銀之宮內部除了有王族貴族的居住區域，還存在著許多庭園。
蒐羅各式紅花植物的薔薇園。
蒐羅各式黑花植物的牡丹園。
蒐羅各式藍花植物的繡球花園。
還有，蒐羅會綻放白花的植物的庭園。
通稱，白百合園。

這座白百合園是某個人物喜歡的地方。
那個人物就是愛麗兒・阿涅摩伊・阿斯拉。
阿斯拉王國的第二公主。
她從被讚頌為絕世美女的第一王妃那裡繼承了美貌和燦爛金髮，還從國王那裡繼承了被稱為歷史上最頂級的美麗聲音。明明尚未成年卻擁有洋溢而出的超凡魅力，被視為歷代最美麗的公主並受到大部分王都民眾的支持。

這樣的她有個習慣，就是每三天就會前來這個白百合園喝紅茶。
公主總是坐在白百合園裡設置的白色桌子旁，帶著自己的護衛騎士和守護術師，一個人靜靜地喝茶。

她惹人憐愛的身影會讓同性也不由得嘆息，也如夢似幻到甚至讓異性看得入迷。

這模樣宛如童話故事裡才會出現的妖精，足以讓人覺得連靠近都是一種不解風情的行徑。

因此，當公主來到白百合園時，不會有人試圖找她搭話。

甚至連想和她一起喝茶的人都不存在。

公主會隻身一人坐在椅子上，和護衛騎士或守護術師簡短交談，享受短暫的午茶時間。

而她的護衛騎士也是個配得上美麗公主的美男子。

他擁有亮栗色的頭髮，鼻子高下巴尖，五官也很深邃。

名為路克·諾托斯·格雷拉特。

是四大領地的領主·格雷拉特家的次男，擁有劍神流中級實力的年輕騎士。

城內沒有哪個貴族子女不認識他。

年齡尚未滿十五歲。不符合年齡的巧妙說話技巧總是讓女性不知道什麼叫作無聊，據說和他交談過的女孩一定會被他擄獲芳心，就是這樣的帥哥。

是最受到同年代女孩喜愛的男性。

和兩人相比，守護術師的年紀較長。

雖說年齡較長，其實他也剛成年沒多久，大約十六七歲吧。

儘管和路克相比還不到絕世美男子的程度，不過若以平均標準來看，已經十分足以被稱為帥哥。身材偏瘦，有著討人喜歡的長相。

他的外表給人一種具備獨特氣質的印象，更襯托出身旁的兩名帥哥美女，也促使三人那種難以親近的氛圍變得更為強烈。守護術師的名字是迪利克．雷特巴特。

是出名的雷特巴特家三男，從歷史悠久的阿斯拉魔法學院畢業的上級魔術師。

他們到底在談些什麼呢？

雖然這是住在城內的年輕人們最有興趣的內容，但是卻沒有人能夠得知。

三人今天也來到白百合園，平穩地進行對話。

「……那麼，是什麼顏色呢？」

愛麗兒的聲音在安靜的庭園裡迴響著。

她的聲音非常美麗，「如同銀鈴般輕脆悅耳」正是最佳的形容。

「是漂亮的粉紅色……不，略帶一點橘色。」

在愛麗兒前方，站在桌子對面的路克以清澄的聲音回答。

還沒長喉結的他聲音有點偏高，不過聽起來卻很帥氣順耳，沒有背叛認為美男子聲音就該如此的期待。

「……」

守護術師迪利克默默地聽著兩人的對話。

他的表情帶著憂鬱，就像是正在一邊旁聽，一邊仔細研究對話內容。

「我果然還是比較喜歡在宛如白磁的雪白上，有漂亮的櫻花色昂然挺立呢。」

「但是愛麗兒殿下，您不覺得那種往內側下凹的其實也不錯嗎？」

「哎呀，路克你認為凹陷的也好嗎？」

聽到愛麗兒的驚訝反應，路克平靜回答。

「因為我是那種認為只要大就好的人，所以對於其他部分並沒有什麼堅持。」

「唉……路克真是不解風情。」

愛麗兒嘆了口氣，路克聳聳肩回應。

那麼，這兩人到底在討論什麼呢？

「所以，新來的女僕莎莉夏的情況如何？」

「羞澀又敏感，感覺相當不錯。」

其實也沒什麼。

路克只是在聊前些日子追到手的女孩的乳頭顏色。

「是嗎……那麼，真想找出辦法把她也弄進我的寢室裡呢。」

「如果您如此希望，就由我來幫忙吧。」

「哎呀？你這麼乾脆就捨棄了跟自己上過床的女孩？」

「因為莎莉夏的胸部對我來說有點太小。」

愛麗兒和路克。

這兩人極為好色又低俗，完全不符合外表的形象。

已經有大量的宮中女僕和中級貴族家女兒遭到兩人毒手。

「因為欺負可愛的女孩果然會讓我非常興奮，莎莉夏應該會叫出很誘人的聲音。」

雖然這在宮中是只有一部分人清楚的事實，不過愛麗兒其實是同性也照吃的極度虐待狂。

許多阿斯拉的貴族王族都擁有超過限度的性癖好，愛麗兒也不例外。

路克雖然沒有那麼極端，不過也是個喜歡巨乳的好色人物。

他們以自身的外表和傳言作為掩護，在充滿陰謀的阿斯拉王宮裡過著我行我素的生活。

基本上，他們在阿斯拉的王族貴族中並不算是特別奇怪。

大部分的貴族擁有和兩人相同，不，比他們更誇張的變態興趣。

在歷史已經長達四百年以上，也一直和戰爭與飢餓無緣的這個阿斯拉王國中，有很多人認為把異於他人的行為當成興趣正代表一種社會地位。

愛麗兒和路克雖然還年輕，但已經充分沾染這種貴族的嗜好。

然而——

「愛麗兒殿下、路克，像這種過於任性妄為的做法……是不是不太妥當呢？」

迪利克是個具備常識的人。

雷特巴特原本是位於地方的中級貴族，也是和阿斯拉王國內部的頹廢世界無緣的貴族。這樣的他為什麼能擔起「第二公主守護術師」這個重責大任？單純只是因為他在魔術學校的成績優秀，畢竟具備貴族身分的上級魔術師很貴重。

「迪利克……你最好再多學習一些關於阿斯拉貴族的知識。」

「沒錯，迪利克，為什麼你總是這樣呢？勸你要學會如何察言觀色，否則可不會受到女性歡迎。」

看到兩人聳肩反駁，迪利克嘆了口氣。

「不是那樣。愛麗兒殿下，您是今後有機會成為阿斯拉國王的重要人物。我是在提醒您因為無聊的傳聞或低俗的色情而樹敵並非好事。」

聽到迪利克的發言，換成愛麗兒開口嘆氣。

「我說，迪利克。雖然你總是那樣說，但我只是第二公主喔。」

「是的，您是擁有高順位的王位繼承權，下一任國王的候補者之一。」

「我上面有兩位哥哥，一位姊姊。雖然姊姊已經確定會嫁往何處，但是哥哥們目前也以王位為目標互相激烈競爭。只要有他們在，我就沒有成為女王的可能。」

「不，您是正妃殿下的小孩，也是唯一繼承正統阿斯拉王家血統的人物。」

「別再說了，迪利克。」

愛麗兒打斷迪利克的發言。

「要是這種言論傳進哥哥們的耳裡，還派出刺客來暗殺我，那該怎麼辦呢？不說別的，光是想依附我並獲取好處的貴族已經越來越多……」

「只要愛麗兒殿下您有自覺並想要對抗，那麼我即使和刺客交戰並因此喪失性命也在所不惜。」

「迪利克，不要講那麼恐怖的話。而且我很清楚你對我們抱著何種看法……你只是想講這種話來煽動我，一旦真的遇上戰鬥，就會拋下我逃走吧？」

「什麼……！」

迪利克睜大雙眼。

他的身體不斷發抖，表情也極為嚴肅，還握緊拳頭。

「你聽我說，迪利克。我不需要當上女王，就已經很滿足了。光是能像這樣在庭園裡喝茶，隨心所欲地過著生活，就已經十分足夠。反正即使我真的挺身對抗哥哥們也不會有勝算，在這種情況下，還去積極參加政治鬥爭是一種很愚蠢的行為喔。」

愛麗兒這種似乎已經看透一切的發言確實掌握了重點。

就算她擁有高順位的王位繼承權，但無論是年齡還是同伴數量都輸給兩位兄長，勝算確實很低。那麼還不如趁早放棄王位那種遙不可及的願望，過著享樂生活才是比較聰明的做法。因為就算無法成為國王，愛麗兒也是世界第一大國阿斯拉王國的公主，當然能好好享受。

「算了……」

迪利克即使內心還抱著化不開的芥蒂，但是卻無法繼續多說什麼，只好拋下這句話並離開現場。

愛麗兒和路克聳著肩目送他的背影，接著又開始討論宮中女孩的乳頭顏色。

★ ★ ★

迪利克並不是放棄身為守護術師的任務。

他前往的地方是廁所。

迪利克和路克的任務是擔任愛麗兒的護衛，不過既然身為人類，就會有生理需求。當其中一人有需要時先告知另外一人，然後盡快解決是他們慣用的方式。畢竟排泄中是人類最沒有防備的瞬間也特別容易遭到襲擊，這道理即使是在異世界也一樣適用。

迪利克無法適應白百合園的甜膩氣氛，一開始有需求時都會先告知路克才前往廁所。然而，習慣真是一種恐怖的事情。他多次前往廁所後，愛麗兒和路克的內心產生「迪利克來白百合園時總是會在途中去上廁所」這樣的常識，後來有一天就對他下令，允許迪利克可以省略告知動作直接前往廁所。

愛麗兒在性方面雖然是個變態，但是她並不想在優雅享受下午茶時還要聽到廁所這個殺風景的詞語。

因此，迪利克正一個人窩在廁所裡思考。

「唉……」

他回想起先前的對話。

愛麗兒說她本身完全沒有想成為國王的意願。

然而，迪利克希望愛麗兒能登基。

他絕對不是認為愛麗兒的兩名兄長，第一王子和第二王子不夠格成為國王。他們繼承王位之後，應該會成為不輸給歷代阿斯拉國王的優秀君王。

然而迪利克認為那樣並不夠。

要是王子之一成為國王，阿斯拉王國應該會和過去一樣保持腐敗。貴族之間的醜惡爭執會繼續下去，國家發展也會因此受到拖累，說不定有一天甚至會容許他國插手干涉。

阿斯拉王國是和飢餓無緣的土地。

甚至被認為無論貴族多麼腐敗，向人民榨取多少稅金，民眾都不會挨餓。因此不滿情緒不容易累積，也不會出現有意願改變現狀的人，更不曾發生大規模叛亂或內戰。

正因為如此，這個國家處於停滯狀態。

當然，魔術和技術的研究有在進步。但是即使如此，技術方面已經被南方的王龍王國，魔術方面已經被北方的魔法三大國超越。就算阿斯拉王國在其他分野依舊擁有壓倒性優勢，一旦停滯狀態再這樣持續一百年……不，持續五十年之後，又會演變成什麼情勢呢？

南方的王龍王國對土地肥沃的阿斯拉王國總是虎視眈眈。

現在的阿斯拉王國受到山脈保護，認定自國不會受到他國侵略，但是過了五十年後，萬一技術方面已有發展的王龍王國真的來犯，到時會有什麼後果？而且，萬一魔術方面已有進步的魔法三大國也配合王龍王國從北方進攻……

「如果是愛麗兒殿下就能夠辦到……」

迪利克認為愛麗兒有能力打破這種停滯狀態。

他回想起自己第一次見到愛麗兒的往事。

幾年前，在王國主辦的成人宴會上。

當時的迪利克才剛從魔法學院畢業。儘管他不是首席，但還是以優秀成績畢業，已經確定幾個月後會加入阿斯拉王國的魔術師團。

迪利克認定自己雖然還算優秀，不過只是個水準不算罕見的魔術師。

這時有個惹人憐愛的少女出現在他的面前。

當時的愛麗兒尚未成年，但還是以來賓身分參加宴會。

縱使年幼，還是以明確語調發表賀詞。看在迪利克的眼裡，愛麗兒比學院的首席畢業生還要聰明。

之後，他前往魔術師團工作。當父親提出「公主的守護術師還無人就任，要不要抱著反正只是試試的心態來推舉你呢？」這建議時，迪利克二話不說地答應。

愛麗兒是具備行動力的女性。雖然現在過著白天閒閒喝茶，晚上只顧著玩弄女僕的生活，但實際上她個性勤勉又社交，也願意為了提昇自己而付出努力。

要是愛麗兒能登上王位，為了增強國力而盡心經營，阿斯拉王國一定能更加發展。甚至連征服中央大陸全體恐怕都不是遙不可及的夢想。

畢竟，愛麗兒擁有卓越的超凡魅力。

魔術學院和魔術師團都是聚集了反社會思考人士的巢穴，有很多人會私下批判掌控當今政權的大臣以及王族貴族。

然而就算是這種地方，也沒有任何人批評愛麗兒。

如果是這樣的她，肯定會和拉普拉斯戰役後期的人族領導者，戰爭結束後成為國王的卡瓦尼斯·夫里安·阿斯拉一樣，成為受到民眾愛戴的君主。

有許多人即使為愛麗兒捨棄生命也在所不惜。

迪利克也是其中之一。

這份覺悟卻遭到那樣的反諷，也難怪迪利克會感到氣憤。

「的確只要過著這種生活，或許不會有生命危險……但是這種樣子，簡直跟那些腐敗貴族沒有兩樣啊……」

也許愛麗兒不願意擔負起眾人的期待？

自己是不是被認為不會把重責強加在她身上，才被選為守護術師？

雖然愛麗兒平常什麼都沒說，但實際上該不會很討厭自己吧……

「唉……」

正當迪利克想到這邊並感到有點憂鬱時，突然有小小的對話聲傳進他的耳裡。

「嗯？」

似乎是有人在廁所後面講話。

「愛麗兒公主——」

「——殺害——」

迪利克從不清楚的聲音裡辨認出這些危險的單字，立刻屏氣凝神，把耳朵貼到牆上。

「你意思是，格拉維爾殿下果然認為愛麗兒殿下是威脅？」

「沒錯，她受民眾歡迎的程度非同小可。格拉維爾殿下曾經慨嘆過明明愛麗兒殿下並沒有經常在公共場合現身，知名度卻比自己還高。」

「這樣一想的確很奇怪……就算她現在表現出那種態度，但說不定還是有為了登上寶座而暗中運作。」

「既然正面挑戰無法獲勝，就從背後下手……是這個意思嗎？」

迪利克聽到這句話，忍不住皺起眉頭。

愛麗兒之所以廣受民眾歡迎，一方面是因為她天生具備的超凡魅力，但另一方面是因為她比第一王子格拉維爾更常出現在民眾面前。和重視王宮內部活動，但不會出席王宮外活動的格拉維爾相反，愛麗兒經常參加王宮外的活動。

例如在流經王都旁邊的阿爾堤爾河上蓋好大橋時，她曾出席落成典禮，並成為第一個渡過大橋的人。也曾以貴賓身分參加魔術學院舉辦的大魔術舞鬥會，親手頒發花束和獎品給優勝者，並賜予對方親吻手背的榮譽。

正因為她都參加一些和政治鬥爭沒有任何關係的活動，所以才會擁有高知名度，並受到人民熱烈支持。

「可是，這樣一來……」

「沒錯，很礙事。」

「……應該要搶先斷絕後顧之憂才行。」

「這是為了格拉維爾殿下，也等於為了阿斯拉王國。正因為這樣想，所以我早就做好了安排。」

「哈哈哈，您還是老樣子如此『周到』。」

迪利克原本想要立刻出面並殺死這兩人，不過他隨即打消這念頭。

在外面對話的人恐怕是第一王子派的貴族。都是一些為了讓事態能按照自己心意發展而不惜花錢如流水，無論什麼骯髒事都能若無其事地下手，萬一遭到舉發被逼急了則會講一些丟人藉口試圖脫罪的傢伙。在這個王宮內，有許多這樣的人渣。

就算迪利克在此使用魔術殺死兩人，也沒有任何意義。

反而只會被認定是愛麗兒命令守護術師殺死第一王子派的貴族，等於她對格拉維爾抱著敵對意志，今後將遭受第一王子派的糾纏攻擊。

迪利克雖然認為如果這樣能慢慢迫使愛麗兒朝著王位努力其實也不錯，不過要是愛麗兒本身缺乏鬥志，結果還是會一直落於被動，逐漸被逼上絕境，最後被當成老鼠玩弄並慘遭殺害。

所以他放棄想要殺死貴族們的想法，離開廁所。

不管怎麼樣，必須想辦法解決燒到自己身上的麻煩。

那些貴族說他們已經做了安排。既然如此，在這幾天內，愛麗兒本身或是負責保護她的路克和迪利克就會成為目標，發生什麼狀況吧。

會是刺客？還是下毒呢？

趕快把這件事向愛麗兒報告，一方面提高警戒，同時也再度建議她鼓起戰鬥意志吧。

這樣想的迪利克開始快步走回白百合園。他邊走邊從長袍底下拿出魔杖，讓自己無論何時遭到襲擊都能應對。

「……我有多久沒戰鬥了？」

就讀魔術學院時，會定期舉辦模擬戰。有時候是和同屬魔術學院的學生交手，有時候是和騎士學校的學生戰鬥，也曾經先由三人或五人組成小隊，再進行團體對抗戰。

一年中還會有好幾次在教師或冒險者的帶領下，進入森林累積和魔物的實戰經驗。

他並不是沒有殺過人。例如曾經在進行模擬戰時意外用魔術打中要害，讓對手立刻死亡；

在參加徵選公主護衛的考試時，也曾經為了確定他在關鍵時刻到底能不能派上用場，而讓他和死刑犯戰鬥並殺死對方。

然而如果敵人要送來能對付迪利克和路克的暗殺者，想必會是熟練的高手吧。必須面對真正的搏命廝殺。一想到這一點，讓迪利克的手有點發抖。

「我能徹底守住殿下嗎？不……」

迪利克透露出這種不安，又立刻自行否決。

雖然這是他們無從得知之事……

然而就在這個瞬間，菲托亞領地發生了轉移事件。

★　★　★

「愛麗兒殿……咦！」

回到白百合園的迪利克目睹非常誇張的景象。

從白百合園深處，被稱為木槿之森的區域裡緩緩走出一隻靠雙腳步行的巨大野豬。

那是終結野豬（Terminate Boar）。

單體是D級，不過會率領大量的猛攻鬥犬，是能夠成為C級甚至B級的凶惡魔物。一般來說只會在森林深處碰到，然而由於生存數量相當多，有時會離開森林襲擊村莊，抓走並吃掉家畜或人類小孩。

很久以前曾有一個小村莊被率領二十隻以上猛攻鬥犬的終結野豬襲擊並遭到滅村，因此終結野豬被視為阿斯拉王國內知名度最高的魔物。

和斯佩路德族同樣，在森林附近的村莊要是有小孩調皮搗蛋，大人就會警告說：「三更半夜還不睡覺會有巨大野豬跑來把你吃掉喔。」

迪利克也很清楚終結野豬是恐怖的魔物，並熟知其名字和外型。

「怎麼會……」

然而，為什麼魔物會在這裡出現？

這裡是王宮，世界第一大國阿斯拉王國的王族住處。

雖然絕對不能算是安全，不過卻是世界上和魔物最無緣的場所。

理論上應該如此，但是為什麼，卻有魔物出現？

對了，剛才聽到的對話。難道那些貴族安排的東西就是……不，不可能。再怎麼說區區貴族都不可能安排魔物潛入王宮，那種事情甚至連上級大臣都無法辦到。

雖然迪利克並不知道，但這隻終結野豬其實是被菲托亞領地消滅事件波及，剛剛才轉移到此地。

「啊！」

思緒翻滾的迪利克注意到愛麗兒。愛麗兒和路克似乎依然在享受低俗話題，還沒察覺終結野豬的存在。明明魔物已經將愛麗兒納入眼中，瞪著她的雙眼獵人般地綻放出銳利光芒。

迪利克往前跑。

他邊跑邊試圖詠唱魔術。

然而，終結野豬也同時開始行動。不知道是注意到迪利克，還是因為察覺到什麼事情，魔物撥開草木，一直線衝向愛麗兒。

（來不及！）

迪利克停止詠唱。

「愛麗兒殿下！請快點逃走！」

「咦？」

聽到迪利克的喊叫，愛麗兒一方面發出感到疑問的聲音，不過還是立刻起身，並發現從旁邊急速衝撞而來的巨大存在，趕緊往橫向一跳，摔倒在地。

終結野豬撞上庭園裡的樹木，邊打斷樹木並轉過身子。

趁這時候，迪利克介入魔物和愛麗兒之間。

他眼前聳立著一隻巨大的野豬。

嘴邊不斷滴下口水，以發出銳利光芒的雙眼望著迪利克。

魔術師到底想做什麼呢？只隔著這點距離，還面對如此巨大的魔物。既然敵人已經如此逼近，詠唱根本不可能來得及完成。

但是迪利克根本沒有詠唱。

他只是張開雙手，放聲大叫：

「路克！之後就交給你了！」

下一瞬間，迪利克被終結野豬的拳頭打中，整個人飛了出去。

肋骨全部被打斷，內臟碎成一團，邊吐血邊在半空中飛舞。

最後他撞上五公尺外的內牆，脊椎也碎了。

「噗嗯……」

沒有失去意識是不幸中的大幸嗎？

或者只是單純的不幸呢？

（啊……我會死嗎？）

迪利克在明確的意識中領悟到自己的死期。

同時，他也感受到死亡的味道。

他確定自己受到致命傷。

（以前好像也有受了這種傷然後死掉的傢伙……）

迪利克並不覺得恐懼。或許是因為事出突然，大腦還跟不上狀況演變。

在他的視線範圍裡，看到路克拔出佩劍，衝向終結野豬的光景。

（你真傻啊，路克……你一個人怎麼可能打得贏……噢，是嗎？是因為大門在對面，也不能光是逃走就好……）

迪利克只移動視線，觀察周遭。

（愛麗兒殿下……愛麗兒殿下是否平安無事？）

仔細一看，他發現愛麗兒雖然有點混亂，但依然沒有表現出畏懼的反應，而是正在趕往這裡。

「迪利克……！啊啊，天啊……必須立刻找治癒術師過來！」

聽到愛麗兒擔心地如此大叫，迪利克擠出最後的力量發出聲音：

「嗚……比起……那種……事情……請您……趕快逃走……咳咳……」

「迪利克！你別說話！有人嗎！有沒有人在！」

「咳咳……沒用的……愛麗兒殿下……我已經……沒救了……」

「怎麼會……你要振作一點！」

迪利克以感到意外的心情望著快要哭出來的愛麗兒。

因為他一直以為愛麗兒和路克對自己感到很排斥。

於是不知道為什麼，他胸中湧上想稍微開個玩笑的心情。明明現在處於這種狀況。

「所……所以我……並沒有……捨棄您……逃走吧？」

聽到這句話，愛麗兒大吃一驚。

接著，她以和過去不同的眼神望著面前這個已經倒地不起，忠心耿耿的守護術師。

「迪利克……」

「愛麗兒殿下……這是我最後的請求……請您……請您一定要……成為女王。然後，讓阿斯拉成為更好的國家……嗚！」

折斷的肋骨刺進肺部，迪利克口中噴出大量鮮血。

愛麗兒看到他的模樣，靜靜地……

靜靜地點了點頭，然後回過身子。

在愛麗兒的面前，站著一隻巨大的野豬。

路克已經被打飛，以絕望的表情望著這邊。

「……」

愛麗兒狠狠瞪著魔物。

「我不知道你來自哪裡，不過我是要坐上阿斯拉王國寶座的人！怎麼能在這種地方被隨便殺死！給我退下！」

雖然她如此高聲主張，不過終結野豬當然聽不懂人話。

面對現場看起來最美味的食物，魔物一邊興奮地頻頻喘氣，同時一步，再一步，慢慢逼近愛麗兒。

看著這景象的迪利克開始祈禱。

身為米里斯教徒的他對著上天祈禱。
（求求您，神啊，求您對這次危機伸出援手。我願意以自身的生命來交換，請您幫助愛麗兒這個世上不可或缺的存在。）
祈禱沒有傳達給上天。
迪利克也很明白會這樣。聖米里斯是一位偉大的人物，也是救濟眾生的救世主……然而，迪利克能夠理解在這種狀況下，像這樣的祈禱根本無濟於事。
然而，他還是無法不祈禱。
愛麗兒的位置已經進入會被終結野豬攻擊到的範圍。
魔物把拳頭往下揮。

這時，祈禱應驗了。
「——啊啊啊啊啊啊啊！」
伴隨著叫聲，天上掉下來一個天使。
那是一個衣衫襤褸，外表年幼的白髮天使。
「嗚……嗚哇啊啊啊啊！」
她發出可以算是半瘋狂的可憐吼叫，同時把雙手伸向終結野豬，打飛魔物的上半身。
（啊……神啊，感謝您。）

迪利克望著眼前光景，最後流下淚水。

（請您今後也繼續保護愛麗兒殿下。）

他抱著安祥的心情，結束一生。

★　★　★

轉移事件害死一名魔術師，並促進愛麗兒・阿涅摩伊・阿斯拉改革自身意識。

之後，愛麗兒步上什麼樣的道路？路克發生什麼樣的變化？

還有從天而降的天使又怎麼了——

這些故事，就靜候下次機會再聊吧。

國家圖書館出版品預行編目資料

無職轉生：到了異世界就拿出真本事 / 理不尽な孫の手作；羅尉揚譯. -- 初版. -- 臺北市：臺灣角川, 2015.10-

冊；　公分

譯自：無職転生：異世界行ったら本気だす

ISBN 978-986-366-756-8(第3冊：平裝). --

861.57　　　　104017248

Kadokawa
Fantastic
Novels

無職轉生～到了異世界就拿出真本事～ 3

（原著名：無職転生～異世界行ったら本気だす～ 3）

2016年2月10日 初版第1刷發行
2024年4月2日 初版第10刷發行

作　者：理不尽な孫の手
插　畫：シロタカ
譯　者：羅尉揚
發行人：台灣角川股份有限公司
總　監：呂慧君
總編輯：朱哲成
設計指導：陳晞叡
印　務：李明修（主任）、張加恩（主任）、張凱棋
發行所：台灣角川股份有限公司
地　址：104台北市中山區松江路223號3樓
電　話：（02）2515-3000
傳　真：（02）2515-0033
網　址：www.kadokawa.com.tw
劃撥帳戶：台灣角川股份有限公司
劃撥帳號：19487412
法律顧問：有澤法律事務所
製　版：巨茂科技印刷有限公司
ISBN：978-986-366-756-8

Edited by MEDIA FACTORY
First published in Japan in 2014 by KADOKAWA CORPORATION, Tokyo.
Chinese translation rights arranged with KADOKAWA CORPORATION, Tokyo.